WOLFGANG HOHLBEIN

UEBERREUTER

Die Deutsche Bibliothek – CIP-Einheitsaufnahme

Hohlbein, Wolfgang:
Die grauen Wächter / Wolfgang Hohlbein. – Wien : Ueberreuter,
2002
(Reihe: Operation Nautilus)
ISBN 3-8000-2879-4

J 2548/1
Alle Urheberrechte, insbesondere das Recht der Vervielfältigung,
Verbreitung und öffentlichen Wiedergabe in jeder Form,
einschließlich einer Verwertung in elektronischen Medien,
der reprografischen Vervielfältigung, einer digitalen Verbreitung
und der Aufnahme in Datenbanken, ausdrücklich vorbehalten.
Umschlagbild © Agentur Holl – Berndt (Wachturm), Lösche (Wale)
Umschlaggestaltung von Zembsch' Werkstatt, München
Copyright © 1997, 2002 by Verlag Carl Ueberreuter, Wien
Druck: Ueberreuter Print
1 3 5 7 6 4 2

Ueberreuter im Internet: www.ueberreuter.de
Wolfgang Hohlbein bei Ueberreuter im Internet: www.hohlbein.com

Dieser Band erschien in veränderter Ausstattung bereits 1997
im Verlag Carl Ueberreuter

Das Licht war trüber als sonst; es hatte einen grünlichen Schimmer und zauberte nervös hin und her huschende Muster an die Decke des Salons. Ein ununterbrochenes dumpfes Summen lag in der Luft und manchmal knackte und knisterte es unheimlich. Die Luft roch muffig und es war so feucht, dass Mike trotz der im Grunde angenehmen Temperaturen, die im Salon der NAUTILUS herrschten, beständig fror. Vielleicht waren es aber auch Trauer und Verbitterung, die er spürte. Obwohl er jetzt seit einer guten Woche tagtäglich mehrere Stunden hier verbrachte, hatte er sich immer noch nicht an den Anblick gewöhnt.

Die NAUTILUS war nicht einfach nur ein Schiff. In den letzten Jahren war sie zu seiner Heimat geworden und jetzt stand er sozusagen in den Trümmern dieser Heimat; dem erbärmlichen Rest, der übrig geblieben war, nachdem die NAUTILUS von einem ihrer eigenen Torpedos getroffen und versenkt worden war. Trautman, Singh und vor allem Weisser ließen zwar keine Gelegenheit verstreichen, um ihnen allen immer wieder zu versichern, dass sie noch Glück gehabt hatten und es hätte schlimmer kommen können, aber für Mike waren diese Worte kein Trost, auch wenn es sicherlich die Wahrheit war.

Aber was half der Gedanke schon, dass es schlimmer kommen konnte?

Für seinen Geschmack war es schlimm genug: Sie hatten es zwar geschafft, die NAUTILUS aufzurichten, sodass der Turm mit dem Einstieg wieder aus dem Wasser ragte und sie hinein- und hinauskonnten, ohne dass jedes Mal ein neuer Schwall Salzwasser in das Schiff drang, aber das Unterseeboot lag immer noch reglos auf dem Meeresgrund – zwar nur in wenigen Metern Tiefe und nur einen Steinwurf vom Strand entfernt, trotzdem aber wenig mehr als ein Wrack.

Das Platschen von Schritten im Wasser, das auch draußen auf dem Gang noch immer knöcheltief stand, riss ihn aus seinen Gedanken. Er sah hoch und lächelte flüchtig, als er Trautman erkannte, der durch die Tür hereintrat. Er trug wadenhohe Gummistiefel und dazu einen blauen Arbeitsanzug, der über und über mit Öl, Ruß und Schmierfett bedeckt war, und er machte einen sehr erschöpften Eindruck. Seit zwei Wochen arbeitete er fast ununterbrochen. Mike konnte sich nicht erinnern, wann er ihn das letzte Mal ausgeschlafen erlebt oder ihn gar schlafen gesehen hatte.

Er hätte Trautman, der bereits über sechzig war, gerne einen Teil der Arbeit abgenommen, aber es gab nur sehr wenig, was er tun konnte. Trautman war der Einzige an Bord, der sich gut genug mit der Technik der NAUTILUS auskannte, um das Schiff nicht nur zu steuern, sondern auch vieles zu reparieren.

»Alles in Ordnung?« Es dauerte eine Sekunde, bis Mike begriff, dass Trautmans Frage weniger seinem Wohlbefinden galt als viel mehr den Instrumenten und Anzeigen auf dem Pult vor ihm. Hastig senkte er den Blick und nickte Trautman einen Augenblick später verlegen zu.

Trautman lächelte nur und winkte ab, was Mikes Verlegenheit noch mehr Nahrung gab. Seit sie auf dieser Insel gestrandet waren, benahmen sich alle übermäßig freundlich und eigentlich schon zu rücksichtsvoll – was natürlich mit den Vorfällen zusammenhing, die der Beinahe-Katastrophe vorangegangen waren.

Obwohl es bereits zwei Wochen her war, saß ihnen allen der Schock noch immer in den Knochen und jedem machte die Erkenntnis zu schaffen, wie sehr er selbst sich verändert gehabt hatte, als sie unter dem Einfluss jener fremden, unheimlichen Macht standen. Aus Freunden waren damals Fremde und beinahe Feinde geworden. Niemand hatte dem anderen irgendetwas vorgeworfen, denn jeder hatte genug damit zu tun, sich selbst Vorwürfe zu machen, aber Mike wusste doch, dass es noch lange dauern würde, ehe an Bord des Schiffes wieder so etwas wie Normalität einkehrte. Falls das überhaupt je der Fall sein würde ...

»Das sollte reichen«, sagte Trautman. »Ich werde jetzt versuchen die Pumpen zu starten.«

Er griff an Mike vorbei und legte rasch hintereinander fünf, sechs kleine Schalter um. Es gab weder eine sichtbare Veränderung noch hörte Mike irgendetwas, aber einige Nadeln auf dem Instrumentenpult schlugen aus und Trautman nickte mit sichtbarer Erleichterung. »Sie laufen.«

»Sie haben sie hingekriegt?«

Mike wurde klar, dass Trautman ein weiteres kleines Wunder vollbracht haben musste. Die Pumpen lagen in jenem Bereich der NAUTILUS, der von der Explosion am schwersten mitgenommen worden war. Als Mike den ausgeglühten Haufen aus zertrümmertem Metall vor einigen Tagen das erste Mal gesehen hatte, der sich dort befand, wo die Laderäume und ein nicht kleiner Teil lebenswichtiger Maschinen hätten sein sollen, da hatte er fast jede Hoffnung aufgegeben.

»Nicht annähernd so gut, wie ich es gerne hätte«, sagte Trautman stirnrunzelnd. »Sie arbeiten zwar, aber das Wasser fließt fast schneller wieder herein, als sie es hinauspumpen können.« Er schüttelte den Kopf und bedachte das Instrumentenpult mit einem besorgten Blick. »In diesem Tempo dauert es Tage, bis sich das Schiff auch nur vom Grund hebt. Und es darf nicht die winzigste Kleinigkeit passieren.«

Mike verzichtete darauf, eine entsprechende Frage zu stellen. Es gehörte nicht viel Fantasie dazu, sich vorzustellen, was alles passieren konnte, um ihre Pläne zunichte zu machen. Es musste nicht einmal viel sein. In dem angeschlagenen Zustand, in dem sich die NAUTILUS befand, konnte jeder kleine Zwischenfall zu einer Katastrophe ausarten.

»Genug für heute«, sagte Trautman. »Lass uns an Land gehen. Ich bin hungrig und müde und du siehst auch nicht mehr gerade frisch aus. Ben oder Chris können die Pumpen ebenso gut überwachen.«

Mike stand auf und folgte Trautman nach draußen. Nebeneinander schlurften sie durch das knöcheltiefe Wasser, das den Boden bedeckte und aus dem kostbaren Teppich einen matschigen Schwamm gemacht hatte. Die Samtvorhänge vor den Fenstern hingen herunter wie nasse Lappen, die Holzvertäfelung an den Wänden wies große, hässliche Flecken auf und am schlimmsten hatte es die Bücherregale getroffen. Fast alle Bände waren nass und dem Geruch zufolge mussten etliche bereits zu schimmeln begonnen haben. Sie waren bisher nicht dazu gekommen, den Schaden genauer in Augenschein zu nehmen, aber Mike war ziemlich sicher, dass ein großer Teil der kostbaren Bibliothek seines Vaters unwiederbringlich verloren war; ein Verlust, dessen wahre Größe er vermutlich nicht einmal abzuschätzen vermochte. Und weiter unten im Schiff, in den Räumen, die zum Teil vollständig überflutet gewesen waren, sah es noch viel schlimmer aus.

Sie gingen die Treppe in den Turm hinauf und mit dem hellen Licht, das durch die Bullaugen und das offen stehende Turmluk hereinfiel, besserte sich auch Mikes Laune ein wenig. Von draußen drangen die Geräusche des Meeres und ein wirres Durcheinander ferner Stimmen an sein Ohr, und als er vor Trautman die Leiter hinaufkletterte, wehte ihm eine Brise kühler Meeresluft ins Gesicht.

Wie immer in den letzten Tagen glitt sein Blick ganz von selbst zu dem gewaltigen Krater, der kaum hundert Meter entfernt im Strand gähnte. Und wie immer verspürte er ein eisiges Frösteln bei dem Gedanken, *wie* knapp sie einer noch viel größeren Katastrophe entronnen waren. Hätten die beiden Torpedos, die sie auf die Flugscheibe abgeschossen hatten, ihr Ziel tatsächlich getroffen, so hätte die Explosion des Sternenschiffes nicht nur die NAUTILUS, sondern auch die gesamte Insel und alles im Umkreis von fünfzig Meilen in Stücke gerissen. Zumindest hatte Weisser das behauptet.

Mike verscheuchte den Gedanken und kletterte ganz aus dem Turm heraus, um in das Boot zu steigen, mit dem Trautman und er vor Stunden hergekommen waren.

Es war nicht mehr da.

Er entdeckte es fünfzig Meter weit entfernt am Strand – Juan, Weisser und einige Eingeborene waren dabei, eine Anzahl großer Kisten einzuladen. Mike runzelte die Stirn, aber sie hatten nur dieses eine Boot und es gab so viel von der NAUTILUS herunter oder von der Insel an Bord zu schaffen, dass er kaum erwarten konnte, dass die anderen zusahen, wie es nutzlos stundenlang am Turm des Schiffes festgemacht war.

Mike fror zwar immer noch, aber er hatte wenig Lust zu warten, bis Juan mit dem Boot zurückkam; außerdem war er ohnehin bis auf die Haut durchnässt. Das kleine Stück zum Ufer konnte er genauso gut schwimmen.

Als er sich auf dem Turm aufrichtete, um ins Wasser zu springen, entdeckte ihn Juan. Er hob beide Arme und winkte ihm zu und er rief auch irgendetwas, was Mike nicht verstand. Mike winkte zurück, woraufhin Juan noch heftiger mit den Armen zu gestikulieren begann und auch Weisser in seinem Tun innehielt und plötzlich mit beiden Armen wedelte. Die beiden konnten es wohl kaum erwarten, ihn wieder zu sehen.

Mike atmete tief ein, stieß sich ab und landete mit einem eleganten Hechtsprung im Wasser. Nach der klammen Kälte, die an Bord der NAUTILUS geherrscht hatte, kam ihm das Meer angenehm warm vor, sodass er so lange unter Wasser blieb, wie er nur konnte, und mit kräftigen Zügen in Richtung Ufer schwamm.

Als er auftauchte, hatte er bereits ein Viertel der Entfernung zurückgelegt. Juan und Weisser winkten ihm immer noch zu und auch die Eingeborenen hatten aufgehört sich mit dem Boot und seiner Fracht zu beschäftigen und blickten in seine Richtung. Mit kräftigen Zügen schwamm Mike weiter. Erst als er schon die halbe Strecke zum Ufer zurückgelegt hatte und Juan und die anderen immer noch nicht aufhörten, wild mit den Armen zu gestikulieren und auf der Stelle herumzuhüpfen, begann ihm die Sache doch etwas komisch vorzukommen.

Er hob den Kopf ein wenig weiter aus dem Wasser und versuchte sich auf das zu konzentrieren, was Juan ihm zuschrie ...

»Pass auf! Hinter dir!«

Hinter ihm? Hinter ihm war die NAUTILUS – was sonst? Aber vielleicht war etwas mit Trautman, der hinter ihm aus dem Turm geklettert war. Mike drehte im Schwimmen mühsam den Kopf – und fuhr so erschrocken zusammen, dass er für eine Sekunde das Schwimmen vergaß und eine gehörige Portion Wasser schluckte, bevor er ganz instinktiv Arme und Beine wieder bewegte.

Hinter ihm schnitt eine dreieckige graue Flosse durch die Wasseroberfläche.

Ein Hai!

Der bloße Anblick schien Mikes Kraft schier zu verzehnfachen. Mit verzweifelter Schnelligkeit griff er aus und schoss nun beinahe selbst so schnell wie ein Fisch durch das

Wasser, aber natürlich nicht annähernd schnell genug, um dem Hai davonzuschwimmen oder den Abstand zwischen sich und dem riesigen Raubfisch auch nur zu halten.

Der Hai schoss mit unglaublicher Schnelligkeit heran. Mike konnte ihn im glasklaren Wasser jetzt deutlich erkennen. Er war nicht einmal besonders groß – verglichen mit den Giganten, die sie in den Tiefen der Meere gesehen hatten, aber trotzdem eine tödliche Gefahr. Mike konnte sehen, wie sein riesiges Maul auseinander klaffte und zwei doppelte Reihen krummer, nadelspitzer Zähne ihn angrinsten. Im allerletzten Moment warf er sich zur Seite und tauchte unter.

Er entging dem zuschnappenden Haifischmaul, spürte aber einen heftigen Schlag gegen die Hüfte und gleich darauf einen brennenden Schmerz, als wäre sein ganzes rechtes Bein von oben bis unten mit einem Reibeisen in Berührung gekommen. Mike sah, wie der Hai auf der Stelle herumfuhr und zu einem zweiten Angriff ansetzte.

Statt sich auf ein aussichtsloses Wettschwimmen mit einem Fisch einzulassen, der spielend die Geschwindigkeit eines Schnellbootes erreichte, drehte sich Mike unter Wasser herum – und schwamm dem Haifisch genau entgegen! Das riesige Maul des Raubfisches öffnete sich erneut. Mike änderte seine Richtung ein wenig, um weiter nach unten zu tauchen, und der Hai ging instinktiv auf Abfangkurs – und Mike bewegte sich im buchstäblich allerletzten Moment zur Seite. Diesmal war der Schlag noch härter und er hatte das Gefühl, über einen Klotz mit Sandpapier gezerrt zu werden, doch er hatte nichts mehr zu verlieren. Als der Hai unter ihm entlangschoss, vollendete er seine Drehung und griff zugleich mit beiden Händen nach der dreieckigen Rückenflosse des Tieres. Mit aller Kraft klammerte er sich daran fest. Ein harter Ruck ging durch seine Arme und die Luft entwich aus seinen Lungen. Er würde jetzt nur noch wenige Augenblicke durchhalten, doch der Hai reagierte so, wie er gehofft hatte.

Das Tier begann sich wütend zu schütteln, drehte sich zweimal auf der Stelle und versuchte mit dem Schwanz nach dem Angreifer zu schlagen, der sich an seiner Rückenflosse festgeklammert hatte. Mike krallte sich mit aller Gewalt in die raue Haut des Haifisches. Das Tier bäumte sich auf, machte einen Buckel wie ein bockendes Pferd und schoss dann in spitzem Winkel zur Oberfläche hinauf. In einer Springflut aus Schaum brachen Mike und der Hai durch die Meeresoberfläche.

Mike verlor endgültig den Halt, wurde im hohen Bogen durch die Luft geschleudert und klatschte meterweit entfernt wieder aufs Wasser, aber der kurze Augenblick hatte genügt, ihn wieder Atem schöpfen zu lassen, und er hatte sogar ein zweites Mal Glück gehabt. In seinem wütenden Kampf war der Hai noch näher ans Ufer herangekommen und das Wasser war dort, wo er sich nun befand, allerhöchstens anderthalb Meter tief. Er schwamm mit verzweifelten Zügen auf die Insel los und spürte endlich rauen Sand unter den Knien. Hastig richtete er sich auf, watete das letzte Stück zum Ufer und sank zu Boden.

Seine Lungen brannten vor Atemnot. Der kurze Kampf hatte ihn so erschöpft, dass ihm für einen Moment fast schwarz vor Augen wurde. Als er wieder klar sehen konnte, waren Juan, Weisser und die Eingeborenen bereits heran und umringten ihn.

Weisser griff nach seinen Schultern, hob seinen Kopf und wollte nach seinem Puls tasten, aber Mike schlug seine Hand mit einer zornigen Bewegung zur Seite. Weisser starrte ihn einen Moment lang verdutzt an, trat dann kopfschüttelnd zurück, sagte aber nichts. Die Eingeborenen schnatterten wild und aufgeregt durcheinander und Juan redete ununterbrochen auf ihn ein. »Mein Gott! Ist dir etwas passiert? Was war denn los? So etwas habe ich ja noch nie gesehen! Wie geht es dir?«

»Noch lebe ich«, antwortete Mike müde. »Aber ich weiß nicht wie lange noch. Anscheinend hast du dir vorgenommen, mich zu Tode zu quatschen.«

Juan riss verblüfft die Augen auf und fuhr in kaum weniger aufgeregtem Ton fort: »Das ... das war ja unglaublich. Es hat ausgesehen, als ob du auf dem Hai geritten wärst!«

»Bin ich auch«, maulte Mike. »Irgendwie musste ich ja ans Ufer kommen, nachdem du mir das Boot geklaut hast.«

Er stand auf, holte tief Luft und drehte sich dann wieder zum Meer herum. Der Haifisch war immer noch da! Er schwamm kaum zehn Meter vom Ufer entfernt in großen Kreisen auf und ab, als könne er nicht glauben, dass seine Beute im letzten Moment doch noch entkommen war.

Und als wäre all dies noch nicht genug, berührte Juan ihn am Arm und deutete nach links. Als Mikes Blick der Geste folgte, entdeckte er zwei, drei, schließlich ein halbes Dutzend weiterer Haifischflossen, die dort ihre Kreise zogen.

»Sieht aus wie ein richtiges Familientreffen«, sagte Juan. Mike war nicht nach Scherzen zumute und Juan wurde auch sofort wieder ernst.

»Entschuldige«, sagte er. »Dir ist wirklich nichts passiert?«

»Nein«, beharrte Mike. »Aber ich habe einen ganz schönen Schrecken bekommen, das kann ich dir sagen.«

Er rieb sich das schmerzende Bein und sog hörbar die Luft ein, als er an sich herabsah. Seine ganze rechte Seite sah tatsächlich aus, als wäre jemand mit einem Riesenstück Schmirgelpapier darüber gefahren. Die Haut war rot und an einigen Stellen blutete er sogar aus winzigen Wunden. Mike konnte von Glück sagen, dass er nicht schwerer verletzt war.

Was ihn noch mehr beschäftigte, das war die Frage, warum der Hai angegriffen hatte. Entgegen der landläufigen Meinung kommen Haie nämlich recht selten in die Nähe des Ufers und eigentlich greifen sie Menschen nur an, wenn diese sie provozieren oder verletzt sind. Und plötzlich tauchte hier nicht nur ein einzelnes Tier auf, sondern gleich ein halbes Dutzend – das war wirklich sonderbar!

Mike löste den Blick von den Haifischen draußen im Meer, drehte sich herum und sah Weisser an, auf dessen Gesicht er für einen Moment einen Ausdruck von Erschrecken, ja beinahe Entsetzen gewahrte, den er nicht verstand.

Weisser starrte aufs Meer und die Haie hinaus. Er hatte die Hände zu Fäusten geballt und so fest gegen die Oberschenkel gepresst, als fürchte er, dass ihr Zittern gesehen werden konnte, und er war trotz der Sonnenbräune blass geworden.

Und das war nicht alles. Wenige Augenblicke später schoben die Eingeborenen das Boot ins Wasser, um zur NAUTILUS hinüberzurudern und Trautman abzuholen, und ganz gegen seine sonstigen Gewohnheiten übernahm Weisser nicht automatisch das Kommando über den kleinen Trupp. Er stieg nicht ins Boot, sondern wartete in sicherer Entfernung ab, bis Trautman die Insel betreten hatte, und die ganze Zeit über kam er dem Wasser nicht einmal nahe, aber er starrte ununterbrochen die Haifische an.

Eine halbe Stunde später erreichten sie das Eingeborenendorf, das in der Mitte der kleinen Insel im Dschungel lag, und Mike stellte fest, dass die Nachricht von seinem Abenteuer am Strand bereits die Runde gemacht hatte. Und sie schien auch für gehöriges Aufsehen zu sorgen, denn er wurde immer wieder von Männern und Frauen angesprochen und musste seine Geschichte – mit Weissers Hilfe als Übersetzer – fast ein Dutzend Mal wiederholen, bevor Trautman und er endlich die kleine Hütte in der Mitte des Dorfes erreichten, in der sie für die Dauer ihres Aufenthaltes untergebracht waren.

Chris, Ben und Singh erwarteten sie dort und Mike kam nicht darum herum, alles noch einmal zu erzählen. Als Juan mit einem heftigen Nicken hinzufügte, dass sich alles tatsächlich ganz genau so abgespielt hatte und er gut auf dem nächsten Rodeo als Haifischdompteur auftreten könnte, schenkte er ihm zwar einen giftigen Blick, musste aber trotzdem plötzlich lachen. Es bestand ja kein Grund mehr, Angst zu haben. Die Gefahr war vorbei, und auch wenn der Zwischenfall merkwürdig genug gewesen war, gab es doch keinen Grund mehr, sich den Kopf darüber zu zerbrechen.

»Dieser Hai hat sich wirklich seltsam benommen«, meinte Trautman.

»Mir kam es so vor, als hätte er sich *hungrig* benommen«, sagte Mike.

Trautman blieb ernst. »Wir sind jetzt seit Jahren zusammen unterwegs«, sagte er. »Und wir sind schon oft Haien begegnet. Aber sie haben sich nie *so* verhalten.«

»Vielleicht war das Tier einfach krank«, sagte Ben.

»Wahrscheinlich«, mischte sich Weisser ein, mit leicht erhobener Stimme und – wie Mike meinte – in fast *zu* beiläufigem Ton. »Aber das spielt für uns keine Rolle. Wir sollten etwas vorsichtig sein, wenn wir schwimmen gehen, aber das ist auch alles.«

Niemand widersprach – und warum auch? Weissers Worte. klangen einleuchtend und die Haie waren tatsächlich nicht ihr Problem. Aber Mike musste immer noch daran denken, wie sonderbar Weisser reagiert hatte, als er die Haifische sah.

Er verscheuchte den Gedanken. Er war in letzter Zeit zu misstrauisch, vor allem wenn es um Weisser ging – genauer gesagt: *Argos*, wie sein wirklicher Name lautete. Obwohl alle anderen ihn mittlerweile damit ansprachen, fiel es Mike immer noch schwer, ihn statt des Namens zu benutzen, unter dem sie ihn kennen gelernt hatten. Er verstand selbst nichts so recht, warum das so war; ebenso wenig, wie er sein übertriebenes Misstrauen dem Atlanter gegenüber begründen konnte.

Das liegt vielleicht daran, dass du ihn nicht magst, flüsterte eine Stimme in seinen Gedanken. *Du bist nicht besonders fair, findest du nicht?*

Mike musste sich auf die Zunge beißen um nicht laut zu antworten; sondern auf dieselbe lautlose Weise, auf die Astaroth mit ihm gesprochen hatte. Der Kater war ebenso wie Serena nicht in der Hütte, hatte aber ganz offensichtlich wieder einmal seine Gedanken gelesen, obwohl er wusste, wie unangenehm Mike dies war.

Verdammt noch mal, hör endlich auf in meinen Gedanken herumzuschnüffeln, dachte er wütend. *Außerdem stimmt es nicht.*

Was? Dass du ihn nicht magst oder dass du unfair bist?

Beides. Ich habe nichts gegen ihn, antwortete Mike, obwohl er selbst merkte, wie wenig überzeugend diese Behauptung klang. Er hatte dem sonderbaren Fremden von Anfang an misstraut und dieses Misstrauen hatte sich nicht einmal ganz gelegt, nachdem er Mike und vermutlich allen anderen hier auch das Leben gerettet hatte. Dass er sich selbst immer wieder einzureden versuchte, dass es überhaupt keinen Grund gab, misstrauisch oder gar feindselig zu sein, half nicht viel. Trotzdem fuhr er fort: *Warum sollte ich ihn nicht leiden können? Er steht auf unserer Seite. Und er hat uns das Leben gerettet.*

Du bist eifersüchtig, behauptete Astaroth geradeheraus.
Eifersüchtig?! Wieso denn das? Und auf wen überhaupt?

Auf Serena, antwortete Astaroth.

Diesmal konnte Mike seine Reaktion nicht mehr ganz verbergen. Er fuhr erschrocken zusammen und wurde sich voller Unbehagen der Tatsache bewusst, dass ihn plötzlich alle anstarrten. Niemand sagte etwas, aber natürlich wussten sie, was er tat. Er war der Einzige an Bord der NAUTILUS, der mit dem einäugigen Kater auf diese stumme Weise kommunizieren konnte, selbst wenn sie weit voneinander entfernt waren. Niemand hatte es je laut ausgesprochen, aber Mike wusste sehr wohl, dass den anderen seine Art, sich mit Astaroth zu verständigen, unheimlich war.

Unsinn! behauptete er. *Ich bin nicht eifersüchtig.*

Bist du doch, antwortete Astaroth. *Du hast Angst, dass er dir dein Prinzesschen wegnehmen könnte. Stimmt's?*

Das war natürlich der blanke Unsinn. Aber aus irgendeinem Grund widersprach Mike jetzt nicht mehr, sondern wandte sich mit einem gekünstelten Räuspern wieder den anderen zu, die ihre Unterhaltung immer noch nicht fortgesetzt hatten, sondern ihn fast erwartungsvoll ansahen. Eigentlich nur um den peinlichen Moment irgendwie zu überspielen und überhaupt etwas zu sagen, fragte er: »Wie lange werden wir noch auf dieser Insel festsitzen?«

Die Frage galt niemand Bestimmtem und im Grunde hatte er auch gar nicht mit einer Antwort gerechnet, aber Weisser sagte fast hastig: »Nicht mehr sehr lange. Wenn die Pumpen endlich funktionieren und wir das Wasser aus dem Schiff hinausbekommen, ist das Schlimmste geschafft.«

Mike war über diese Antwort ein bisschen irritiert und auch Trautman runzelte flüchtig die Stirn. Mike war nicht ganz sicher, aber er glaubte doch, einen leisen Unterton von Kritik in Weissers Worten gehört zu haben. Es wäre nicht das erste Mal. Sie alle arbeiteten seit zwei Wochen wie die Verrückten daran, die NAUTILUS wenigstens halbwegs wieder flottzubekommen – alle, mit Ausnahme Weissers. Dafür ließ er kaum eine Gelegenheit verstreichen, mehr oder weniger offen seinen Tadel daran zu äußern, dass sie offensichtlich nicht schnell genug vorankamen.

Überhaupt war die erste Euphorie, nach Serena auf einen zweiten Überlebenden von Atlantis gestoßen zu sein – und noch dazu auf ihren leibhaftigen Vater, niemand anderem also als dem König dieses untergegangenen Inselreiches! –, im Lauf der beiden vergangenen Wochen einer immer stärkeren Ernüchterung gewichen. Weisser – beziehungsweise *Argos,* verbesserte sich Mike in Gedanken – hatte sehr wenig über sich und sein Leben in Atlantis erzählt. Dafür hatte er unzählige Fragen gestellt. Natürlich bestand nicht der geringste Zweifel an seiner Loyalität. Immerhin hatte er Mike, Trautman und Singh und allen anderen hier mit großer Wahrscheinlichkeit das Leben gerettet und darüber hinaus noch ein gewaltiges Unglück verhindert. Aber manchmal fragte sich Mike doch, ob ihnen dieser Mann wirklich die ganze Wahrheit über sich und seine Beweggründe und Ziele erzählt hatte oder ob es da vielleicht noch etwas gab, was er ihnen verschwieg. Vor allem in Momenten wie jetzt.

»Ich habe die Pumpen repariert, so gut ich konnte«, sagte Trautman in das immer unbehaglicher werdende Schweigen hinein. »Vieles ist zerstört. Und die Funktion vieler Maschinen verstehe nicht einmal ich, sodass ich sie auch nicht reparieren kann.«

Er sah Argos bei diesen Worten auffordernd an, aber der Atlanter ignorierte die darin verborgene Frage einfach. Trautman hatte ihn nur ein einziges Mal gebeten, ihm bei der Reparatur der NAUTILUS behilflich zu sein, und die patzige Antwort erhalten, dass er schließlich kein Mechaniker sei und von Technik und

Maschinen wahrscheinlich weniger verstünde als irgendein anderer an Bord.

Die Stimmung in der kleinen Hütte war während des Gespräches spürbar angespannter geworden und sie hätte sich wahrscheinlich noch weiter veschlechtert, wäre in diesem Moment nicht Serena zurückgekommen.

Sie war nicht allein. In ihrer Begleitung befanden sich zwei Kinder aus dem Dorf und Mike konnte draußen vor der Tür die Stimmen weiterer Eingeborenenjungen und -mädchen hören, die aufgeregt durcheinander riefen und lachten. Serena und vor allem der Kater hatten die Herzen der Eingeborenen im Sturm erobert und waren schon nach wenigen Tagen zu den erklärten Lieblingen des Stammes geworden.

Wenn man sie zwischen den Menschen der Insel sah, die allesamt groß, sonnengebräunt und den Nachkommen der südamerikanischen Indianer sehr ähnlich waren, konnte man das gut verstehen: Serena mit ihrer hellen Haut, den großen, dunklen Augen und dem goldblonden Haar musste ihnen wie eine Fee erscheinen; einer Gestalt aus ihren Legenden und Mythen ähnlicher als einem lebenden Menschen. Und dazu kam ihr immer freundliches Wesen, das Mike nun, als sie allesamt dem unheilvollen Einfluss des Sternenschiffes entkommen waren, noch viel mehr auffiel als sonst. Niemand konnte übersehen, dass Serena etwas Besonderes war.

Aber du bist nicht eifersüchtig, wie?, spöttelte Astaroths Stimme in seinen Gedanken.

Mike fuhr unmerklich zusammen und hielt nach dem Kater Ausschau, konnte ihn aber nirgendwo entdecken. Vermutlich war er draußen geblieben, um wie üblich mit den Kindern zu spielen. Keiner der Eingeborenen wusste, was dieser Kater *wirklich* war, und so war es nicht erstaunlich, dass er sie immer wieder verblüffte – schließlich konnte er ihre Gedanken lesen und wusste so stets genau, was sie von ihm erwarteten.

»Vater!« Serena eilte auf Argos zu und schloss ihn kurz, aber sehr heftig in die Arme und Mike ertappte sich erneut dabei, einen scharfen Stich der Eifersucht zu spüren. Er sah rasch weg und Astaroth war zumindest diesmal diplomatisch genug, keinen seiner berüchtigten Kommentare dazu abzugeben, aber er begann sich einzugestehen, dass der Kater vermutlich Recht hatte: Er *war* eifersüchtig.

»Mein Kind!« Argos schob Serena auf Armeslänge von sich fort und betrachtete sie lächelnd. »Wie ist es dir ergangen? Was hast du den ganzen Tag gemacht?«

»Wir haben das Fest vorbereitet«, antwortete Serena.

»Das Fest?« Argos runzelte flüchtig die Stirn, dann hellte sich sein Gesicht auf. »Oh, ich verstehe.«

»Ich nicht«, sagte Mike und auch die anderen blickten verwirrt drein.

»Sie geben heute Abend ein Fest zu unseren Ehren«, erklärte Argos. »Heute ist Vollmond. In ihrer Religion spielt der Mond eine wichtige Rolle, und wie es der Zufall eben wollte, bin ich genau beim letzten Vollmond auf diese Insel gekommen.«

»Ach, und jetzt halten sie Sie für eine Art Gott, wie?«, fragte Mike. Der hämische Ton in seiner Stimme überraschte ihn selbst. Argos sah beleidigt drein, Serena runzelte die Stirn und auch die anderen blickten ihn verstört an. Mike hatte von der ersten

Sekunde an keinen Hehl daraus gemacht, dass er Serenas Vater wohl nie als seinen Freund betrachten würde. Eine so offene Feindseligkeit wie jetzt aber hatte er noch nie an den Tag gelegt.

Argos sah ihn an, lächelte – und dieses Lächeln hatte eine seltsame Wirkung auf Mike. Mit einem Male schämte er sich seiner eigenen Worte und vor allem seiner Gefühle Argos' gegenüber. Und als hätte der Atlanter diesen Gedanken gelesen, wurde sein Lächeln eine Spur wärmer und herzlicher. Mike gestand sich ein, dass das meiste wohl doch seine Schuld gewesen war. Wie sie alle war er nervös. Er war unzufrieden, weil die Reparaturarbeiten an der NAUTILUS nicht so voranschritten, wie sie alle es gerne gehabt hätten. Er entschuldigte sich in Gedanken noch einmal bei Serenas Vater und nahm sich fest vor, in Zukunft etwas mehr auf seine eigenen Gefühle Acht zu geben – und vor allem auf das, was er sagte.

»Vielleicht ist es gar keine so schlechte Idee, einmal einen Abend nicht zu arbeiten«, sagte Trautman plötzlich. »Ein kleines Fest wird uns sicher gut tun. Heute können wir sowieso nichts mehr ausrichten. Die Pumpen arbeiten von selbst und darüber hinaus wird es bald dunkel.«

Niemand widersprach, aber die allgemeine Begeisterung hielt sich auch in Grenzen. Keiner von ihnen hatte etwas gegen eine Feier einzuwenden oder einen freien Abend. Und trotzdem wusste Mike, dass nicht nur er allein den Wunsch verspürte, so schnell wie nur möglich von hier wieder wegzukommen.

Einige Stunden später saß Mike missmutig auf einem Stein, drehte einen an einem Stock aufgespießten Fisch über dem

Feuer und blickte Serena und Argos an, die vertraut aneinander gekuschelt auf der anderen Seite der Feuerstelle saßen.

Das Fest war nahezu vorüber. Die Eingeborenen hatten sich wirklich Mühe gegeben: Sie hatten Musik gemacht, einige Tänze aufgeführt und waren bis spät in die Nacht so fröhlich und ausgelassen gewesen, wie Mike sie bisher noch nie erlebt hatte. Auch die anderen hatten sich königlich amüsiert, ihm selbst war es nicht gelungen, die rechte Begeisterung zu entwickeln. Er hatte sich wirklich Mühe gegeben, schon, um Serena nicht zu enttäuschen, die zwar nichts gesagt hatte, ihn aber auf eine Art ansah, die klarmachte, dass sie seine niedergeschlagene Stimmung durchaus spürte.

Aber es hatte nichts genutzt. Ihm war nicht nach Feiern zumute und so hatte er sich schließlich ein wenig von den anderen abgesondert, um ihnen mit seiner miesepetrigen Laune nicht auch noch die Stimmung zu verderben. Schließlich – Mitternacht musste längst vorüber sein – hatten sich die meisten Eingeborenen in ihre Hütten zurückgezogen und auch Trautman, Singh und Juan waren schlafen gegangen, sodass außer Mike selbst nur noch Ben, Chris, Serena und ihr Vater sowie eine Hand voll Eingeborener übrig geblieben waren, die sich an ihrem selbst gebrauten Wein gütlich taten, dabei immer lauter wurden und offenbar entschlossen schienen, bis zum Morgen durchzumachen.

Mike selbst war nicht nach Schlafen zumute. Er war nicht im Geringsten müde. Schließlich stand er auf, warf den Stock mitsamt dem halb gebratenen Fisch ins Feuer und verließ mit schnellen Schritten den Festplatz. Er war so sehr in seine trüben

Gedanken versunken, dass er gar nicht richtig registrierte, wohin ihn seine Schritte trugen und wie viel Zeit verging. So war er nicht schlecht erstaunt, als er plötzlich, statt der nächtlichen Geräusche des Waldes und des Raunens des Windes in den Baumwipfeln, einen anderen, wenn auch fast ebenso vertrauten Laut hörte; ein seidiges, weiches und trotzdem sehr machtvolles Geräusch: das Rauschen der Brandung. Ohne dass er sich des Umstandes selbst bewusst gewesen wäre, hatten ihn seine Schritte wieder zum Strand hinuntergetragen und damit dorthin, wo die NAUTILUS lag.

Mike wollte schon kehrtmachen und zum Lager zurückgehen, aber dann zuckte er mit den Schultern und ging die letzten Schritte bis zum Waldrand hinunter. Auf eine Minute mehr oder weniger kam es jetzt auch nicht mehr an und so konnte er sich wenigstens davon überzeugen, ob die Pumpen richtig arbeiteten oder nicht. Wenn alles gut gegangen war, dann musste der Turm der NAUTILUS jetzt schon ein gutes Stück weiter aus dem Wasser herausschauen als am Abend. Vielleicht konnte er wenigstens mit einer guten Nachricht ins Lager zurückkehren. Entschlossen legte er die letzten Schritte zum Waldrand zurück, trat auf den Strand hinaus –

und blieb wie angewurzelt stehen.

Um es kurz zu machen: Die Pumpen *hatten* gut gearbeitet.

Sehr viel besser sogar, als Mike es sich in seinen kühnsten Träumen erhofft hätte ...

Mike stand mit offenem Mund da und blickte fassungslos auf das Meer hinab; genauer gesagt, auf die NAUTILUS, die dicht vor der Küste lag.

Sie war aufgetaucht.

Im Licht des Vollmondes, der von einem wolkenlosen Himmel herabschien, war das Schiff fast so deutlich zu erkennen, als würde es von einem starken Scheinwerfer angestrahlt. Die NAUTILUS lag ganz normal im Wasser, vielleicht hatte sie noch ein wenig Schlagseite, aber keinen Deut tiefer als sonst.

Und das war vollkommen unmöglich!

Mike klappte den Mund wieder zu, machte einen weiteren Schritt auf den Strand hinaus und blieb wieder stehen. Seine Gedanken begannen zu rasen. Was er sah, war vollkommen ausgeschlossen. Das Schiff war fast zur Hälfte voll Wasser gelaufen und er kannte die Kapazität der Pumpen, die Trautman angeschlossen hatte. In den wenigen Stunden, die seither vergangen waren, *konnte* die NAUTILUS unmöglich so weit wieder aufgetaucht sein!

Langsam ging Mike weiter den Strand hinunter, bis er bis zu den Knöcheln im Wasser stand und wieder stehen blieb. Der Anblick blieb derselbe: majestätisch und Ehrfurcht gebietend, denn die NAUTILUS war nicht nur ein fantastisches, sondern auch ein riesiges Schiff mit an die hundert Metern Länge, zugleich aber auch auf sonderbare Weise beunruhigend, fast unheimlich. Irgendetwas stimmte hier nicht. Etwas ging hier nicht mit rechten Dingen zu. Aber was?

Sein Verstand riet ihm, so schnell wie möglich ins Dorf zurückzulaufen und Trautman und die anderen zu holen, und sicherlich wäre das auch das Vernünftigste gewesen, aber er war viel zu verwirrt und zugleich gebannt von dem, was er sah, um vernünftig zu sein.

Aber vielleicht gab es ja eine andere Lösung ...

Mike konzentrierte sich und rief in Gedanken nach Astaroth. Wenn es ihm gelang, den Kater zu erreichen, konnte dieser vielleicht die anderen alarmieren. Er selbst war zwar der Einzige, der mit dem Tier sprechen konnte, aber sie alle wussten darum und es wäre nicht das erste Mal, dass es Astaroth gelang, eine Botschaft weiterzugeben, und sei es nur, indem er sich besonders auffällig benahm.

Er bekam jedoch keine Antwort. Entweder war er zu weit vom Lager entfernt oder Astaroth war abgelenkt oder schlief.

Ein wenig enttäuscht, aber weiterhin entschlossen, dieses Geheimnis zu lüften, gab Mike sein Vorhaben auf und sah sich um. Gottlob lag das Boot noch immer am Strand. Es bereitete Mike einige Mühe, das schwere Gefährt ganz allein ins Wasser zu schieben, aber irgendwie gelang es ihm doch. Nach einigen Minuten saß er keuchend, aber zufrieden im Boot und paddelte, so schnell er konnte, auf die NAUTILUS zu. Schon nach kurzer Zeit erreichte er das Schiff, vertäute das Boot am Rumpf und trat mit einem entschlossenen Schritt auf die metallenen Decksplanken hinauf.

Es war ein sonderbares Gefühl, nach gut zwei Wochen wieder an Deck der NAUTILUS zu sein: gut und zugleich fast unwirklich, denn er hatte nach allem kaum noch darauf zu hoffen gewagt, es noch einmal zu erleben. Was ihn wieder zu der Frage brachte, *wieso* die NAUTILUS so viel schneller als erwartet aufgetaucht war ...

Mike ging zum Turm, kletterte hinauf und fand das Luk zu seiner Überraschung offen – dabei wusste er genau, dass Trautman die NAUTILUS niemals unverschlossen zurückgelassen hätte. Jetzt aber stand das gewaltige runde Luk weit auf – und aus der Tiefe des Schiffes schimmerte Licht empor ...

Jemand war an Bord der NAUTILUS!

Aber wer?

Alle Besatzungsmitglieder der NAUTILUS befanden sich im Dorf und schliefen und von den Eingeborenen hätte es keiner gewagt, das Schiff zu betreten. Ob sie nun Argos als so etwas wie einen Gott ansahen oder nicht, änderte nichts daran, dass sie einen Heidenrespekt vor der NAUTILUS hatten; und nach den schlechten Erfahrungen, die sie mit den Segnungen der Zivilisation gemacht hatten, umso mehr. Doch wer dann?

Nun – es gab nur *eine* Möglichkeit, das herauszufinden. Mike wusste sehr wohl, dass es spätestens jetzt an der Zeit gewesen wäre, an Land zurückzurudern und die anderen zu holen. Trotzdem tat er das genaue Gegenteil: Er schwang sich mit einer entschlossenen Bewegung in den Turm, kletterte die eiserne Leiter hinunter und näherte sich langsam und mit angehaltenem Atem lauschend der Treppe, die tiefer ins Schiff hinabführte.

Irgendwo plätscherte Wasser und in seinen Ohren dröhnte das Geräusch seiner eigenen Herzschläge, aber das war auch alles. Er zögerte noch einen Moment, dann ging er mit klopfendem Herzen die Treppe weiter hinunter, bis er den Gang erreichte, der in die eine Richtung zu den Kabinen und in die andere zum Salon hinführte. Das Geräusch von plätscherndem Wasser war lauter geworden und darunter glaubte er jetzt das rhythmische, an- und abschwellende Wummern und Dröhnen der Pumpen zu vernehmen, die Trautman installiert hatte. Seltsam – er hatte es viel leiser in Erinnerung und nicht so machtvoll.

Mike bedauerte es jetzt, keine Lampe mitzuhaben, aber schließlich hatte er ja auch nicht vorgehabt hierher zu kommen. Aus der offen stehenden Tür des Salons fiel zwar ein trüber Lichtschein, der aber längst nicht reichte, den Gang so weit zu erhellen, dass er mehr als Schatten und formlose Umrisse erkennen konnte. Langsam ging er den Gang hinab und zum Salon. Als er sich behutsam vorbeugte um in den Raum zu spähen, klopfte sein Herz so laut, dass man es eigentlich im ganzen Schiff hätte hören müssen. Der Salon war leer.

Unter der Decke brannte eine einzelne, trübe Lampe, die den großen Raum nur unzureichend beleuchtete. Trotzdem reichte der blasse Schein, Mike erkennen zu lassen, dass sich der Salon noch immer im selben bemitleidenswerten Zustand wie am Nachmittag befand – und dass er leer war.

Mike atmete erleichtert auf, beging aber trotzdem nicht den Fehler, jetzt etwa unvorsichtig zu werden. Dass der Salon leer war, bedeutete keineswegs, dass das auch auf das gesamte Schiff zutraf. Mike war hundertprozentig sicher, dass sie dieses Licht nicht angelassen hatten, als sie die NAUTILUS am Nachmittag verließen. Hundertzehnprozentig, sozusagen. Irgendjemand war hier.

Er verließ schließlich den Raum und ging in die andere Richtung, um auch die Kabinen zu untersuchen. Die meisten Türen waren verschlossen, aber die seiner eigenen, Trautmans und Serenas Kajüte waren offen. Er betrat sie alle drei, untersuchte sie flüchtig und nahm aus Trautmans Kabine eine Taschenlampe mit, die ihm sicher von Nutzen sein würde. Etwas mutiger geworden machte er sich auf den Weg zur Treppe, um sich das nächste Deck vorzunehmen. Das Licht blieb rasch hinter ihm zurück und hier unten hatte niemand eine Lampe brennen lassen, sodass er heilfroh war, die Taschenlampe bei sich zu haben.

Trotzdem war es ein unheimliches Gefühl, bei fast vollkommener Dunkelheit durch das Schiff zu gehen. Der kleine, scharf abgegrenzte Kreis beinahe weißer Helligkeit, der vor ihm über den Boden tanzte wie ein leuchtender Gummiball, machte es nicht besser, sondern eher schlimmer, denn er schien die Finsternis ringsum eher noch zu betonen anstatt sie zu verscheuchen.

Und da war noch das Geräusch der Pumpen. Mike war jetzt sicher, dass es sich verändert hatte. Er konnte den Unterschied nicht wirklich in Worte fassen, aber er war da. Es klang anders als am Nachmittag.

Er stieg die nächste Treppe hinab und hier waren die Spuren des eingedrungenen Meeres schon deutlich zu sehen: Auf dem Boden stand noch immer eine knöcheltiefe Wasserschicht und selbst von der Decke tropfte und rieselte es. Hier und da hatte das Meer Tang und tote Fische zurückgelassen. Allein bei der Vorstellung, wie lange sie brauchen würden, um das Schiff wieder sauber zu bekommen, wurde Mike ganz anders ...

Er erreichte den Durchgang zum Maschinenraum –
und blieb wie angewurzelt stehen.

Da war ein Geräusch.

Mike raffte all seinen Mut zusammen, drehte sich blitzschnell

30

herum und hob die Lampe. Der weiße Kegel stach wie eine Lanze aus Licht durch die Dunkelheit vor ihm.

Doch da war nichts. Im hellen Schein der Taschenlampe erkannte er nichts als feuchtes Metall und Wasser. Mit klopfendem Herzen schwenkte er die Lampe ein paar Mal hin und her, ohne irgendetwas zu erkennen. Er war allein. Und auch das Geräusch wiederholte sich nicht.

Trotzdem war Mike vollkommen sicher, es sich nicht eingebildet zu haben. Es war ein Plätschern gewesen. Ein Laut, als fiele ein schwerer Körper ins Wasser.

Der Scheinwerferkegel der Taschenlampe richtete sich zitternd auf die Tür vor ihm. Dahinter lag die Tauchkammer, durch die sie die NAUTILUS verlassen konnten, auch wenn sie sich tief unter Wasser befanden. Er hob die Hand, streckte sie nach dem Griff aus und senkte sie wieder. Plötzlich hatte er Angst. Es war, als flüsterte ihm eine unhörbare Stimme zu, dass er diese Tür besser nicht öffnen sollte, wenn er nicht wollte, dass etwas Furchtbares geschähe.

»Unsinn!«, murmelte Mike.

Seine Stimme klang in der Dunkelheit so fremd und verzerrt, dass es ihm einen eisigen Schauer über den Rücken jagte. Trotzdem hob er erneut die Hand und näherte sich der Tür und diesmal öffnete er sie. Er war auf alles gefasst.

Der Raum hinter der schmalen Metalltür war so leer wie der davor. Alles, was der Schein der Taschenlampe erhellte, waren die runde Tauchkammer und das Gestell mit den Unterwasseranzügen an der gegenüberliegenden Wand.

Langsam ließ er den Lichtstrahl durch den Raum gleiten und

senkte ihn schließlich. In der Mitte der Tauchkammer befand sich ein ebenfalls runder, wuchtiger Metalldeckel, der den Raum wasserdicht abschloss.

Jetzt stand er offen. Der Strahl der Taschenlampe fiel ungehindert hindurch und verlor sich erst nach zwei oder drei Metern im kristallklaren Wasser der Karibik.

Mike konnte spüren, wie sich jedes einzelne Haar auf seinem Kopf aufrichtete. Jetzt war er sicher, dass jemand an Bord der NAUTILUS gewesen war, der hier nichts zu suchen hatte. Es war ganz und gar unmöglich, dass irgendeiner von ihnen die Kammer offen gelassen hatte. Jemand war hier gewesen und er hatte das Schiff auf diesem Wege verlassen. Vermutlich sogar erst vor wenigen Augenbli-cken. Zweifellos hatte der Eindringling ihn gehört oder das Licht seiner Taschenlampe gesehen und die Flucht auf diesem Wege angetreten. Das musste das Geräusch gewesen sein, das er gehört hatte.

Mike richtete sich wieder auf, hob die Lampe und ließ den Strahl ein zweites Mal über die Taucheranzüge gleiten, die an der gegenüberliegenden Wand hingen. Es waren sieben. Keiner fehlte.

Diese Erkenntnis versetzte Mike in leises Erstaunen. Immerhin befand sich die Tauchkammer unter dem Rumpf der NAUTILUS. Um auf diese Weise aus dem Schiff und auch noch lebend zur Oberfläche hinaufzukommen, musste der Eindringling entweder ein ganz besonders guter Schwimmer sein – oder ganz besonders leichtsinnig.

Aber egal wie – er war fort und Mike musste dafür sorgen, dass er nicht zurückkehren konnte; wenigstens nicht auf demselben Weg, auf dem er gegangen war. Rasch legte er die Taschenlampe neben sich auf den Boden, ließ sich in die Hocke sinken und streckte die Hände nach dem Lukendeckel aus, um die Tauchkammer wieder zu verschließen.

Er kam nicht dazu, die Bewegung zu Ende zu führen. Hinter ihm erklang plötzlich ein feuchtes, schweres Platschen und er sah einen verzerrten Widerschein auf der Wasseroberfläche. Hastig versuchte er sich wieder aufzurichten, verlor durch seine eigene Bewegung den Halt und stürzte nach vorne. Noch während er fiel, drehte er sich halb herum, und was er in diesem Sekundenbruchteil erblickte, das war so bizarr, dass er für einen Moment alles andere vergaß.

Hinter ihm war wie aus dem Nichts eine Gestalt erschienen. Sie hatte menschliche Umrisse, aber sie *war* kein Mensch. Sie war schlank, kaum größer als er selbst und hatte sonderbar glatte Umrisse, ohne erkennbare Taille oder breitere Schultern, und sie schien auch keinen sichtbaren Hals zu haben. Und ihr Gesicht...

Ihr Gesicht!

Mike kam nicht mehr dazu, den abgrundtiefen Schrecken wirklich zu spüren, mit dem ihn der Anblick dieses Gesichtes erfüllte, denn in diesem Moment knallte sein Hinterkopf mit solcher Wucht gegen den Lukendeckel, dass er auf der Stelle das Bewusstsein verlor.

Hilflos stürzte er ins Wasser und sank wie ein Stein in die Tiefe.

Ganz besinnungslos konnte er wohl doch nicht gewesen

sein, denn er erinnerte sich hinterher vage, wie er an die Oberfläche gekommen war – allerdings war er nicht ganz sicher, ob er sich nun *wirklich* erinnerte oder ob das, woran er sich zu erinnern glaubte, vielleicht nicht doch so etwas wie eine Halluzination gewesen war ...

Bizarr genug dazu war es jedenfalls.

Mike fand sich nun zum dritten Mal, seit sie auf diese Insel gekommen waren, keuchend und Wasser erbrechend und verzweifelt nach Luft ringend, am Strand liegend vor, als sein Bewusstsein endlich wieder ganz erwachte. Sein Kopf schmerzte heftig und er musste wohl nicht nur einen guten Teil der Karibik hinuntergeschluckt haben, sondern auch noch ein paar Liter von seinem eigenen Blut, denn er hatte einen fürchterlichen Geschmack im Mund und musste mit aller Macht an sich halten, um sich nicht zu übergeben. Rings um ihn herum war ein wirres Durcheinander von Stimmen und Geräuschen, und als er endlich die Augen öffnete, sah er in ein vertrautes Gesicht. Wenn auch vielleicht nicht in eines, das er in diesem Augenblick unbedingt *gerne* gesehen hätte ...

»Alles in Ordnung mit dir?«, fragte Argos. Er hatte sich über ihn gebeugt und trotz seines miserablen Zustandes registrierte Mike sehr wohl, dass die Eingeborenen respektvoll vor dem Atlanter zurückgewichen waren.

»Nein«, würgte Mike mühsam hervor. »Nicht wenn man aufwacht und *Sie* sieht.«

Argos runzelte flüchtig die Stirn, aber dann lächelte er plötzlich. »Ich schätze, du bist wieder ganz der Alte«, sagte er säuerlich. »Wie fühlst du dich? Bist du verletzt?«

Mike war nicht ganz sicher. Er erinnerte sich schwach, mit dem Kopf gegen irgendetwas geprallt zu sein, und dann ...

Nein. Das war zu fantastisch. Das *konnte* keine wirkliche Erinnerung sein, sondern wohl doch so etwas wie eine Halluzination. Man sagte ja, dass Menschen im Augenblick ihres nahenden Todes sich die verrücktesten Dinge einbildeten. Und er *war* dem Tod nahe gekommen.

Als er nicht antwortete, wurde Argos' Miene düster und seine Stimme verlor eine Menge von ihrer Freundlichkeit. »Was ist nur in dich gefahren, mitten in der Nacht und noch dazu bei Flut hierher zu kommen? Wolltest du dich umbringen?«

»Argos – bitte!«

Mike atmete innerlich auf, als er Trautmans Stimme hörte und Argos sich herumdrehte, ohne auf eine Antwort auf seine Frage zu warten. Wahrscheinlich würde ihn auch Trautman gleich mit Vorwürfen nur so überschütten, aber das war ihm im Moment hundertmal lieber, als sich weiter mit dem Atlanter zu unterhalten. Unsicher stemmte er sich auf die Ellbogen hoch und wollte aufstehen, spürte aber, dass ihm dazu im Moment wohl noch die Kraft fehlte, und beließ es dabei, sich halbwegs aufzusetzen. Alles drehte sich um ihn und seine Lungen brannten noch immer wie Feuer. Auch wenn er sich nicht wirklich erinnerte, was passiert war, eines war klar: Er war dicht davor gewesen, zu ertrinken.

Argos trat einen Schritt zurück, um Platz für Trautman und – wie Mike erleichtert feststellte – auch für die restlichen Besatzungsmitglieder der NAUTILUS zu machen, die herangestürmt kamen, und setzte zugleich zu einer scharfen Antwort an, doch Trautman ließ ihn gar nicht zu Wort kommen.

»Was ist hier passiert?«, fragte er. »Mike? Was ist los?«

»Ihr junger Freund hat gerade versucht sich umzubringen«, antwortete Argos düster. »Vielleicht war er auch nur der Meinung, dass uns langweilig ist und wir eine kleine Abwechslung gebrauchen können.«

Trautman ignorierte ihn, eilte an ihm vorbei und blieb dicht vor Mike stehen. Sein Gesichtsausdruck war sehr besorgt, aber auch erleichtert. »Was war los?«, fragte er noch einmal. »Was tust du hier, mitten in der Nacht, und was –«

Er sprach nicht weiter. Seine Augen wurden groß und sein Unterkiefer klappte fassungslos herunter. Mike konnte sehen, wie alles Blut aus seinem Gesicht wich, während sich sein Blick auf einen Punkt irgendwo hinter ihm richtete. Er musste sich nicht eigens herumdrehen um zu wissen, was Trautman in solch fassungsloses Erstaunen versetzte. Er hatte die NAUTILUS entdeckt.

»Aber das ist doch …«

»Deshalb war ich hier«, sagte Mike. Das Sprechen bereitete ihm Mühe und er hatte immer noch Schwierigkeiten, richtig zu atmen. »Ich bin zufällig hergekommen, aber dann habe ich das Schiff gesehen.«

»Aber wie ist das möglich?«, murmelte Trautman.

»*Was* ist möglich?«, fragte Argos misstrauisch.

»Aber sehen Sie es denn nicht?«, sagte Ben. Mittlerweile hatten alle – bis auf Argos anscheinend – gesehen, was mit der NAUTILUS passiert war, und der Anblick schien sie so sehr zu überraschen, dass sie für einen Moment selbst ihre Sorge um Mike vergaßen. »Die NAUTILUS! Sie ist aufgetaucht!«

»Natürlich ist sie aufgetaucht«, antwortete Argos. »Die Pumpen scheinen zu funktionieren. Was ist daran so sensationell?«

»Es ging viel zu schnell!«, antwortete Trautman. Plötzlich war er sehr aufgeregt. »Das ist völlig unmöglich! Um das Schiff so weit zu heben, hätte es zwei oder drei Tage gebraucht. Mindestens!« Er wandte sich an Mike. »Was ist passiert? Du warst hier, als sie aufgetaucht ist?«

Mike schüttelte den Kopf, versuchte noch einmal aufzustehen und schaffte es diesmal; wenn auch erst, nachdem Trautman die Hand ausstreckte und ihn stützte. »Nein. Es war schon alles so, als ich herkam. Ich habe das Boot genommen und bin rübergerudert –«

Und den Rest der Geschichte würde ich für mich behalten, sagte eine Stimme in seinen Gedanken.

»Aber wieso?«, murmelte Mike verblüfft.

Trautman blinzelte. »Wieso was?«

Glaub mir, es ist besser so, fuhr Astaroths lautlose Gedankenstimme fort. *Wenigstens für den Moment.*

»Wieso ... äh ... ich meine, ich weiß nicht, *wieso* das Schiff aufgetaucht ist«, sagte Mike stockend. Trautman sah ihn misstrauisch an, dann trat er einen Schritt vor, streckte die Hand aus und berührte Mikes Hinterkopf. Als er die Finger wieder zurückzog, glänzte hellrotes Blut auf seinen Fingerspitzen.

»Du bist ja verletzt!«, sagte er erschrocken. »Du hast dir den Kopf angeschlagen! Kein Wunder, dass du dich nicht erinnerst.«

Mike winkte ab. »Das ist nichts«, sagte er. »Ich war ungeschickt und bin ausgerutscht –«

»– und wärst um ein Haar ertrunken«, fiel ihm Trautman ins Wort. »Das war sehr leichtsinnig von dir, Mike. Und dass du dich nicht genau erinnerst, was überhaupt passiert ist, beweist, dass es etwas mehr als *nichts* ist, meinst du nicht auch?«

»Wahrscheinlich hast du eine Gehirnerschütterung«, pflichtete ihm Chris bei. »Mit so was ist nicht zu spaßen.«

»Ach was«, sagte Mike, wurde aber sofort wieder von Trautman unterbrochen:

»Chris hat vollkommen Recht. Du gehst ins Dorf zurück und legst dich hin. Serena wird kann dir einen Verband machen. Ich sehe mir das später genau an.«

Natürlich war an Schlaf in dieser Nacht nicht mehr zu denken. Serena versorgte seine Wunde, so gut es ging, und die anderen ließen ihn gerade lange genug in Ruhe, dass sie sicher sein konnten, dass Trautmann nicht in der Nähe war, um sie zur Ordnung zu rufen, ehe sie ihn mit Fragen auch nur so bestürmten. Fragen allerdings, auf die Mike kaum eine Antwort hatte.

Er wusste ja selbst nicht genau, was er an Bord der NAUTILUS nun wirklich erlebt hatte. Irgendjemand war dort gewesen, das stand fest, aber wer oder gar warum, darüber wagte er nicht einmal eine Vermutung anzustellen. Möglicherweise hatte Trautman ja Recht und er hatte sich den Kopf tatsächlich fester angestoßen, als er zugab. Außerdem wäre er um ein Haar ertrunken und in solchen Momenten neigt die menschliche Fantasie nur zu schnell dazu, einem die bösesten Streiche zu spielen. Ein Mensch mit dem Gesicht eines – *Sagte ich nicht, du solltest besser nicht darüber reden?*, wisperte eine Stimme in seinen Gedanken.

Tue ich doch gar nicht, antwortete Mike auf dieselbe lautlose Weise. *Ich habe nur darüber nachgedacht, Astaroth. Das ist ein Unterschied, weißt du?*

Vielleicht ist er nicht ganz so groß, wie du glaubst, Dummkopf, versetzte der Kater. *Denk an was anderes. Zum Beispiel daran, dass wir jetzt schneller von diesem öden Felsklotz wegkommen, als wir gehofft haben.*

Mike antwortete nicht darauf. Astaroths Worte verwirrten ihn. Wieso sollte es kein großer Unterschied sein, ob man etwas sagte oder dachte? Niemand außer dem telepathischen Kater konnte seine Gedanken lesen.

Er sah sich suchend in der Hütte um, konnte Astaroth aber nirgends entdecken. Und wenn er richtig darüber nachdachte, dann hatte er den Kater auch seit seinem Erwachen am Strand nicht mehr gesehen. Bisher hatte er angenommen, dass Astaroth mit Trautman und Argos bei der NAUTILUS zurückgeblieben war.

Andererseits machte das keinen großen Unterschied. Astaroth war durchaus in der Lage, seine Gedanken auch über größere Entfernungen hinweg zu lesen. Mike fragte sich nur, warum er das plötzlich tat. In den letzten Tagen hatte der Kater immer nur telepathischen Kontakt zu ihm aufgenommen, um ihn zu verspotten.

Ja und das tut mir auch Leid, wisperte eine Stimme in seinen Gedanken. *Es kommt nicht wieder vor.*

Mike riss vor lauter Erstaunen Mund und Augen auf. Astaroth und sich *entschuldigen?* Solange er den Kater kannte – und es waren mittlerweile Jahre! –, hatte Astaroth sich noch nie entschuldigt; bei niemandem und für nichts. Bis vor drei Sekunden noch hätte Mike jeden Eid geschworen, dass Astaroth nicht einmal wusste, was dieses Wort bedeutete.

So kann man sich täuschen, sagte Astaroth spöttisch. *Und jetzt ist Schluss. Die anderen werden schon misstrauisch. Wir reden später. Auf dem Schiff.*

Tatsächlich sahen sowohl Serena als auch Ben ihn mittlerweile fragend an. Sie wussten beide, wie auch die übrige Besatzung der NAUTILUS, was der abwesende Ausdruck auf seinem Gesicht bedeutete, doch Mike war klar, dass ihnen allen seine Fähigkeit, in Gedanken mit dem Kater zu reden, ein wenig unheimlich war.

Bevor einer der beiden jedoch eine entsprechende Bemerkung machen konnte, ging die Tür auf und Trautman, Argos und die anderen kamen zurück. Alle wirkten müde und alle waren verdreckt und bis auf die Haut durchnässt. Offensichtlich hatten sie die NAUTILUS mindestens ebenso gründlich durchsucht, wie Mike es getan hatte.

Den Abschluss der kleinen Gruppe bildete Astaroth, der mit einem erschöpften Miauen sofort auf Serenas Schoß sprang und sich zu einem Ball zusammenrollte, um sich von ihr in den Schlaf kraulen zu lassen – was nicht einmal so lange dauerte, wie Trautman und die anderen brauchten um sich zu setzen.

»Und?«, fragte Mike aufgeregt.

»Und was?«, murmelte Juan gähnend.

»Was ist mit der NAUTILUS?«, fragte Mike.

»Es ist noch zu früh, um das zu sagen«, antwortete Trautman an Juans Stelle. »Aber es ist erstaunlich. Sie ist in viel besserem Zustand, als ich zu hoffen gewagt hätte.«

»Sie ist in hervorragendem Zustand«, verbesserte ihn Argos. Seine Stimme klang eine Spur schärfer, als Mike es für angemessen hielt, und als er zu ihm hochsah, fiel ihm auch auf, dass er nicht annähernd so erschöpft und müde aussah wie die anderen. Wahrscheinlich, dachte er, hatte sich sein Beitrag an der Durchsuchung des Schiffes darin erschöpft, im Salon auf die Rückkehr der anderen zu warten.

Argos warf ihm einen raschen Blick zu und fuhr fort: »Ich denke, wir können spätestens morgen Abend in See stechen.«

Selbst Serena, die normalerweise *nie* an seinen Worten zweifelte, sah ungläubig auf. Trautman blinzelte.

»Wie?«, fragte er.

»Das Schiff ist vollkommen intakt«, bestätigte Argos. »Es gibt keinen Grund, noch länger auf dieser Insel zu bleiben.«

»Vollkommen intakt?«, keuchte Trautman. »Entschuldigen Sie, aber als ich es das letzte Mal gesehen habe, da hatte es ein Loch im Heck, durch das man bequem mit einem Lastwagen fahren konnte.«

Das war übertrieben, aber in der Sache hatte Trautman natürlich Recht. Die NAUTILUS war alles andere als intakt.

Trotzdem beharrte Argos mit einem energischen Kopfschütteln auf seiner Meinung. »Das hat nichts zu sagen, glauben Sie mir. Ich kenne dieses Schiff schon ein wenig länger als Sie. Es würde selbst noch schwimmen, wenn es durchlöchert wie ein

Schweizer Käse wäre. Wir können mit dieser Beschädigung vielleicht nicht besonders tief tauchen, aber über Wasser wird sie nicht einmal unsere Manövrierfähigkeit beeinträchtigen.«

»Wer weiß«, spöttelte Juan. »Vielleicht können wir mit diesem Loch im Heck ja sogar ganz besonders tief tauchen.«

»Allerdings nur einmal«, fügte Trautman grimmig hinzu. »Ich werde weder mein noch das Leben der anderen riskieren, nur um ein oder zwei Tage zu sparen. Vor allem, wo es nicht nötig ist. Singh und ich werden morgen mit der Reparatur beginnen. Wenn *alle* –« Bei diesem Wort sah er vor allem Argos eindringlich an. »– mithelfen, haben wir das Leck in spätestens zwei Tagen ausgebessert.«

Argos wollte widersprechen, aber Trautman brachte ihn mit einer energischen Handbewegung zum Schweigen; eigentlich das erste Mal, seit er seine wahre Identität offenbart hatte.

»Ich werde darüber nicht diskutieren«, sagte er in einem Ton, der nicht besonders laut war, aber von einer Art, die selbst Argos zum Verstummen brachte. Auf dem Gesicht des Atlanters erschien ein Ausdruck, der Mike wahrscheinlich zum Lachen gebracht hätte, wäre die Situation auch nur etwas weniger ernst gewesen.

»Vielleicht haben Sie sogar Recht«, sagte Argos schließlich. Er bemühte sich sogar, so etwas wie ein verzeihendes Lächeln auf sein Gesicht zu zwingen. Aber tief in sich drinnen brodelte er vor Wut, das sah Mike seinem Gesicht deutlich an. Trotzdem fuhr Argos fort: »Wir sollten jetzt keinen Fehler begehen. Ich schlage vor, dass wir alle versuchen noch ein paar Stunden Schlaf zu bekommen und uns den Schaden an der NAUTILUS morgen bei Tageslicht noch einmal genauer ansehen.«

»Das ist eine gute Idee«, sagte Trautman eisig. »Wir sind alle müde und entsprechend gereizt.«

Argos starrte ihn noch einen Herzschlag lang aus Augen an, die vor Zorn brannten. Aber dann nickte er nur stumm, drehte sich auf dem Absatz herum und eilte aus der Hütte. Nur einen Augenblick später folgte ihm Serena und zu Mikes insgeheimer Enttäuschung auch Astaroth.

»Das wurde ja auch langsam Zeit, dass ihm mal einer die Meinung –«, begann Ben, wurde aber sofort scharf von Trautman unterbrochen:

»Es wir jetzt langsam Zeit, dass wir alle schlafen gehen«, sagte er. »Wir werden morgen über alles reden. Gute Nacht.«

Ben blinzelte verdutzt und auch Mike starrte Trautman ziemlich fassungslos an. Und aus seiner Fassungslosigkeit wurde fast so etwas wie Misstrauen, als Trautman aufstand und sich – ganz gegen das, was er gerade selbst gesagt hatte – mit einer entsprechenden Bewegung an Singh wandte:

»Singh. Bitte begleite mich. Wir haben etwas zu besprechen.«

Lärm weckte ihn. Mike hatte Schwierigkeiten, richtig wach zu werden. Er fühlte sich benommen und schläfrig und an seinen Gliedern (und vor allem an den *Augenlidern*) schienen unsichtbare Zentnerlasten zu hängen. In seiner unmittelbaren Nähe brummte und schnurrte etwas wie ein kleiner, schnell laufender Elektromotor. Von weit her hörte er aufgeregte Stimmen und die Geräusche durcheinander rennender Menschen, und unter normalen Umständen hätten allein diese Laute ausgereicht, ihn wie elektrisiert aufspringen und auf der Stelle wach werden zu lassen.

Aber irgendwie waren die Umstände an diesem Morgen nicht normal.

Mike gähnte, versuchte den Kopf vom Kissen zu heben und stellte fest, dass schon diese einfache Bewegung fast all seine Kraft in Anspruch nahm. Außerdem schien irgendetwas mit dem Gewicht eines Elefantenbabys auf seiner Brust zu liegen, was ihm das Atmen schwer machte.

Mit einer zweiten, noch größeren Anstrengung schaffte er es wenigstens, die Augen zu öffnen. Helles Sonnenlicht drang in die Hütte und er spürte ganz instinktiv, dass es sehr spät war. Das Brummen, das er gehört hatte, stammte ebenso wie das vermeintliche Zentnergewicht von einem schwarzen haarigen Ball, der sich auf seiner Brust zusammengerollt hatte und wohlig im Schlaf schnurrte, wobei er immer wieder rhythmisch die Krallen ausstreckte und einzog.

Astaroth?, dachte Mike.

Normalerweise hätte ein einziger Gedanke ausgereicht, den Kater auf der Stelle zu wecken. Heute jedoch reagierte er nicht; nicht einmal, als Mike ein zweites und drittes Mal in Gedanken nach ihm rief. Erst als er sich mit einem Ruck ganz aufsetzte, wodurch Astaroth reichlich unsanft von seiner Brust hinunterbefördert wurde, öffnete der Kater erschrocken sein einziges Auge und blinzelte ihn an.

Was ist los mit dir, Schlafmütze?, dachte Mike. *Sprichst du jetzt gar nicht mehr mit mir?*

Astaroth reagierte auch jetzt nicht. Er schüttelte benommen den Kopf und gähnte dann noch einmal so herzhaft, dass Mike sein ganzes scharfes Gebiss sehen konnte.

»Findest du das lustig?«, fragte er laut.

Astaroth legte den Kopf auf die Seite, sah ihn fragend an und miaute. Die Antwort in seinem Kopf, auf die Mike wartete, kam nicht.

Allmählich wurde Mike ärgerlich. *Also gut,* dachte er. *Wenn du Spielchen spielen willst, dann aber ohne mich.*

Astaroth starrte ihn noch immer scheinbar vollkommen verständnislos an, aber Mike hatte keine Lust auf diese Mätzchen. Außerdem hatte er wahrlich Wichtigeres zu tun. Er hatte verschlafen und war allein in der Hütte aufgewacht – wie er annahm, hatte ihn Trautman absichtlich nicht wecken lassen, vielleicht weil er glaubte, dass Mike nach seinem Abenteuer in der vergangenen Nacht ein Anrecht auf ein wenig Ruhe hatte. Auch das wäre Mike unter normalen Umständen höchst gelegen gekommen. Aber heute ärgerte es ihn. Die Auseinandersetzung zwischen Argos und Trautman war noch lange nicht vorbei. Und er wollte dabei sein, wenn sie sich entschied. Schon weil er das sichere Gefühl hatte, dass Trautman jede Hilfe brauchen konnte.

Wo sind die anderen?, fragte er. *Unten am Strand?*

Astaroth miaute fast kläglich. Mike blickte ihn mit finsterem Gesicht an, seufzte und sagte: »Also gut, wenn du darauf bestehst: Wo sind die anderen?«

Astaroth miaute auch jetzt wieder nur, aber er gebärdete sich plötzlich wie toll: Er sprang auf der Stelle, machte einen

Buckel und fauchte ein paar Mal. Und nichts von alledem war normal.

Aus Mikes Verärgerung wurde allmählich Misstrauen, dann ein deutliches Gefühl von Sorge. Irgendetwas stimmte mit Astaroth nicht.

Langsam ließ er sich in die Hocke sinken, streckte die Hand aus und strich Astaroth über den Kopf; eine Behandlung, die sich der Kater normalerweise niemals hätte gefallen lassen, denn er betrachtete sie als kilometertief unter seiner Würde. Jetzt aber schnurrte er, sprang mit einem Satz näher an ihn heran und strich mit erhobenem Schwanz um seine Beine. Ganz wie eine normale Katze eben, die einen Menschen begrüßt.

Nur dass Astaroth alles andere als eine *normale Katze* war.

Astaroth war überhaupt keine Katze. Er war ein Wesen, das aussah wie ein Kater, aber über eine Intelligenz verfügte, die mit der eines Menschen durchaus mithalten konnte, und das es hasste, wie ein Tier behandelt zu werden. Jeder an Bord der NAUTILUS hatte sich einige Kratzer und Bisse eingehandelt, ehe er das begriffen hatte.

»Was ist los mit dir, Astaroth?«, fragte Mike. »Irgendetwas stimmt doch nicht mit dir! Kannst du nicht antworten?«

Astaroth miaute und jetzt war Mike sicher, dass es sich kläglich anhörte.

»Du kannst nicht antworten«, murmelte er. »Verdammt, was ist passiert?«

Und mit einem Mal hatte er Angst. Astaroth war viel mehr als bloß ein normales Besatzungsmitglied der NAUTILUS. Neben Serena war der Meerkater vielleicht der beste Freund, den Mike an Bord des Schiffes hatte, ja vielleicht sogar der beste Freund, den er jemals gehabt hatte.

Von einer Sekunde auf die andere war alles vergessen. Trautman. Argos. Der Streit, den die beiden hatten, das unheimliche Wesen von vergangener Nacht – in Mikes Denken war plötzlich nur noch Platz für die Sorge um Astaroth.

»Schnell!«, sagte er. »Wir müssen Serena suchen! Vielleicht weiß sie, was mit dir los ist!«

Astaroth miaute erneut auf diese klägliche Weise und Mike zögerte nicht mehr länger, sondern ergriff den Kater kurz entschlossen mit beiden Händen, nahm ihn auf die Arme und lief mit weit ausgreifenden Schritten aus der Hütte.

Die Sonne stand bereits ein gutes Stück am Himmel. Es musste noch später sein, als Mike angenommen hatte. Außer ihm selbst schien jedermann hier am Ort schon auf den Beinen zu sein. Mike war der Sprache der Eingeborenen nicht mächtig, sodass er die durcheinander hallenden Stimmen und Schreie nicht verstand, doch das musste man auch nicht sein, um zu erkennen, dass sich die Männer und Frauen in heller Aufregung befanden. Als sie ihn mit Astaroth auf den Armen aus der Hütte kommen sahen, stürmten gleich drei von ihnen auf ihn los und begannen auf ihn einzureden. Er verstand nichts von dem, was sie sagten, wohl aber ihre aufgeregten Gesten.

Sie deuteten zum Strand. Mike fuhr auf dem Absatz herum und stürmte los, so schnell er konnte. Obwohl ihn das Gewicht des Katers auf den Armen eigentlich hätte behindern müssen, war er weitaus schneller als die Eingeborenen. Astaroth begann zu murren und sich unruhig zu bewegen; offenbar gefiel ihm diese Art des Transports nicht besonders. Aber darauf achtete Mike nicht. Er hielt den Kater mit eiserner Hand fest und beschleunigte seine Schritte noch.

Trotzdem brauchte er sicherlich zwanzig Minuten, um den schmalen Streifen weißen Sandstrandes zu erreichen, vor dem die NAUTILUS lag. Und er konnte schon von weitem hören, dass sich seine schlimmsten Befürchtungen zu bewahrheiten schienen.

Er konnte Trautmans Stimme und auch die der anderen vernehmen – und ein Geräusch, das ihm schier das Blut in den Adern gerinnen ließ: das dumpfe, vertraute Dröhnen der mächtigen Motoren, die die NAUTILUS antrieben!

Mike rannte aus dem Wald heraus – und blieb so abrupt stehen, dass Astaroth fast von seinen Armen geglitten wäre und protestierend fauchte.

Mit einem Gefühl, das er nur noch als blankes Entsetzen bezeichnen konnte, schaute Mike die NAUTILUS an. Sie war noch ein kleines Stück weiter aus dem Wasser emporgestiegen und hatte gedreht, sodass der Bug mit dem langen gezackten Randsporn nun aufs offene Meer hinauswies und das an einen Walschwanz erinnernde Heck dem Strand zugewandt war. Darunter brodelte das Wasser, gewaltige Blasen stiegen an die Oberfläche und zerplatzten und hier und da stieg Dampf auf. Obwohl das Schiff eigentlich viel zu schwer war, um sich im Takt der Wellen zu bewegen, zitterte es sacht und hinter dem gewaltigen Loch, das wie eine Wunde im Heck des Tauchbootes gähnte, stoben blaue Funken auf.

»Was bedeutet das?«, flüsterte Mike fassungslos. Er sah, dass

Ben und Juan hinzugerannt kamen, wobei sie heftig mit den Armen gestikulierten, und er hörte auch, dass sie ihm etwas zuschrien, achtete aber nicht darauf, sondern setzte Astaroth mit einer hastigen Bewegung in den Sand, hielt ihn aber zugleich mit beiden Händen fest und zwang den Kater, ihm ins Gesicht zu blicken.

Was bedeutet das?, dachte er. Der Kater starrte ihn nur an und gab sich alle Mühe, nach wie vor nur wie ein Tier auszusehen, das gar nicht begriff, was der Mensch da von ihm wollte, aber Mikes Geduld war endgültig erschöpft. Das hier war nicht mehr witzig.

»Was bedeutet das?!«, herrschte er den Kater an. »Antworte!«

Astaroth miaute und versuchte sich aus seinem Griff zu winden, aber Mike hielt ihn eisern fest. »Verdammt, Astaroth, was geht da vor?!«, schrie er.

»Mike!« Ben langte schwer atmend neben ihm an. »Bist du verrückt? Hör auf mit dem Kater herumzuspielen!«

»Ich spiele nicht, ich versuche herauszubekommen, was hier los ist!«, erwiderte Mike gereizt.

Ben machte eine heftige Bewegung mit beiden Händen.

»Das siehst du doch! Jemand versucht das Schiff zu klauen!«

»Das ist völlig unmöglich«, behauptete Mike – obwohl ihm seine Augen das genaue Gegenteil bewiesen. Trotzdem fügte er hinzu: »Niemand kann die NAUTILUS fahren, außer ...«

Er hielt verblüfft mitten im Wort inne, stand mit einem Ruck auf und sah sich am Strand um. Alle waren hier, alle, bis auf ...

»Außer Serena, ja«, sagte Ben düster. »Und Argos.«

Wieder drehte sich Mike herum und blickte zur NAUTILUS

hin. Singh, Chris, Trautman und Juan standen bis zu den Knien im Wasser und starrten hilflos zu dem U-Boot hinüber, das nur wenige Meter entfernt und doch unerreichbar war. Selbst ohne den Zwischenfall mit den Haifischen vom gestrigen Tag hätte es nun niemand mehr gewagt, zum Schiff hinzuschwimmen. Unter dem Heck der NAUTILUS kochte das Meer. Und selbst wenn es nicht so gewesen wäre, so hätte der gewaltige Sog der Turbinen jeden Schwimmer binnen Sekunden in die Tiefe gezerrt.

»Aber das ... das kann nicht sein!«, murmelte Mike. »Das würde sie niemals tun!«

Hastig bückte er sich wieder nach Astaroth, packte den Kater mit beiden Händen und schüttelte ihn so wild, dass dieser erschrocken fauchte. »Was ist da los?!«, brüllte er. Und diesmal bekam er eine Antwort.

Ben hat Recht, erklang Astaroths Stimme hinter seiner Stirn. *Das sind Serena und ihr Vater.*

»Aber wieso?«, sagte Mike fassungslos. Lautlos und nur in Gedanken fügte er hinzu: *Und wieso benimmst du dich so, zum Teufel?*

Ich habe meine Gründe, erwiderte Astaroth.

»Was hat er gesagt?«, wollte Ben wissen.

Noch bevor Mike antworten konnte, begann sich das Motorengeräusch der NAUTILUS zu ändern. Der Laut klang plötzlich dunkler und aus dem sanften Zittern des Schiffes wurde ein heftiges Stampfen und Beben. Offensichtlich versuchte die NAUTILUS tatsächlich auszulaufen, doch sie war entweder schwerer beschädigt, als sie alle bisher angenommen hatten – oder wer immer hinter den Kontrollinstrumenten stand, wusste nicht so genau, wie er sie zu bedienen hatte.

Trotzdem zweifelte Mike keine Sekunde daran, dass es jetzt nicht mehr lange dauern konnte, bis sich das Schiff tatsächlich in Bewegung setzte.

Trautman schien das wohl ebenso zu sehen, denn er schrie plötzlich auf und rannte durch das knietiefe Wasser auf eines der Boote zu, die ein kleines Stück weit entfernt am Strand lagen. Singh, Juan und Chris folgten ihm fast unmittelbar und nach einem sekundenlangen Zögern setzten sich auch Ben und Mike in Bewegung.

Hastig kletterten sie alle an Bord, während Trautman und Singh das kleine Schiffchen weit genug ins Wasser stießen, damit es sich vom Grund hob, und schließlich selbst einstiegen. Astaroth sprang als Letzter an Bord, aber er gebärdete sich nun wie toll: Er hüpfte hin und her, miaute, machte einen Buckel und fauchte und tat alles, um die Aufmerksamkeit der anderen zu erregen.

Seid ihr verrückt geworden?, schrie er in Gedanken. *Wollt ihr euch umbringen? Sie werden euch niemals an Bord lassen!*

Mike war insgeheim derselben Meinung wie der Kater, aber er kam gar nicht dazu, seine Bedenken zu äußern. Trautman und Singh hatten bereits die Ruder ergriffen und paddelten, was das Zeug hielt, und im Grunde erging es ihm so wie wohl den anderen auch: Alles, woran er wirklich denken konnte, war, dass jemand versuchte die NAUTILUS zu stehlen. Und das *durfte* nicht geschehen! Dieses Schiff war ihre Heimat. Alles, was sie besaßen, und alles, was wichtig für sie war. Jeder Einzelne hier würde eher sein Leben riskieren, bevor er es einfach so aufgab.

Eingehüllt in Dampf und brodelnde Gischt näherten sie sich dem Schiff. Die NAUTILUS zitterte und bebte jetzt, als wolle sie auseinander brechen, und das Motorengeräusch klang so dröhnend, wie Mike es noch nie zuvor gehört hatte. Angetrieben von Singhs und Trautmans kraftvollen Ruderschlägen erreichte das Boot die NAUTILUS binnen weniger Sekunden und prallte mit einem dumpfen Geräusch gegen den Rumpf. Im selben Moment setzte sich die NAUTILUS endgültig in Bewegung.

Trautman fluchte, ließ das Ruder los und griff mit beiden Händen nach den Sprossen der Metallleiter, die vom Deck des Unterseebootes herab ins Wasser führte und auf die er gezielt hatte, als sie lospaddelten. Im letzten Moment bekam er sie zu fassen und verhakte sich mit den Füßen irgendwo im Boot, sodass sie mitgezogen wurden, als die NAUTILUS allmählich Fahrt aufnahm.

»Ein Seil!«, schrie er. »Einen Strick! Schnell!«

Mike sah sich gehetzt um. Das Boot war vollkommen leer; es gab weder ein Tau noch sonst irgendetwas, das ihnen geholfen hätte. Aber noch während er verzweifelt versuchte eine Lösung zu finden, zog Singh mit fliegenden Fingern seinen Gürtel aus der Hose und augenblicklich folgten auch Ben und Juan seinem Beispiel. Trautmans Gesicht verzerrte sich vor Anstrengung. Die NAUTILUS wurde rasch schneller und er musste nur mit seinen Händen das Gewicht des gesamten Bootes und seiner Insassen halten. »Beeilt euch!«, keuchte er. »Ich schaffe es nicht mehr lange!«

Singh, Ben und Juan knoteten hastig ihre Gürtel aneinander,

zogen dann eine Schlaufe um eine der Leitersprossen und banden das andere Ende ans Boot. Trautman ließ mit einem erleichterten Seufzer los und fiel zurück. Die Ledergürtel knirschten hörbar und der Ruck, der durch das kleine Schiffchen ging, war so heftig, dass Mike im ersten Moment fest davon überzeugt war, sie würden einfach durchreißen. Aber das Wunder geschah: Statt zurückzufallen oder in den Sog der Turbinen zu geraten und zu zerbrechen, wurde das Boot einfach mitgezogen.

Singh packte die Leitersprossen, turnte mit geschickten Bewegungen am Rumpf der NAUTILUS empor und kletterte am Turm hinauf. Für einen Moment entschwand er ihren Blicken, dann richtete er sich auf und schüttelte enttäuscht den Kopf. »Das Luk ist von innen verriegelt!«, rief er. »Ich versuche das andere!«

Er sprang wieder auf das Deck hinab, rannte gebückt zu dem zweiten Einstieg, der sich in der Mitte der NAUTILUS befand, und versuchte ihn zu öffnen – mit demselben Ergebnis. Mit niedergeschlagenem Gesicht, aber sehr schnell, kehrte er zu ihnen zurück und kletterte wieder ins Boot.

Das ist doch Wahnsinn!, jammerte Astaroth. *Macht das Boot los, solange wir noch zurückkönnen!*

Die aneinander gebundenen Ledergürtel ächzten und knarrten jetzt immer lauter und würden der Belastung vermutlich nicht mehr lange standhalten. Mike wandte den Kopf und stellte voller Schrecken fest, wie weit sie sich bereits vom Strand entfernt hatten, und die Distanz wuchs mit jeder Sekunde, denn die NAUTILUS wurde immer schneller und pflügte jetzt nur so durch das Wasser. Dann geschah genau das, was er befürchtet hatte:

Der mittlere der drei aneinander geknoteten Gürtel zerriss mit einem peitschenden Knall und das Ruderboot löste sich schaukelnd vom Rumpf der NAUTILUS.

Das grüngraue Metall raste immer schneller und schneller an ihnen vorüber – und plötzlich gähnte darin eine gewaltige Lücke: das Loch, das ihr eigener Torpedo in die Panzerplatten gesprengt hatte.

Diesmal war es Singh, der blitzschnell reagierte. Er warf sich vor, bekam mit beiden Händen den Rand der gewaltsam in das Schiff geschlagenen Öffnung zu fassen und klammerte sich fest. Er schrie vor Schmerz auf. Mike sah voller Entsetzen, dass plötzlich Blut zwischen seinen Fingern hervorquoll, während sich die Muskeln des Inders scheinbar bis zum Zerreißen anspannten. Das Boot schaukelte so wild, dass Mike Halt suchend um sich griff.

»*Schnell!*«, schrie Singh.

Seid ihr wahnsinnig geworden?!, kreischte Astaroth.

Mike beachtete ihn nicht. Nicht einmal die gewaltigen Körperkräfte des Inders würden reichen, um sie länger als ein paar Sekunden festzuhalten. Mit einem einzigen Satz war er auf den Füßen und kletterte hinter Ben und Juan durch die gezackte Öffnung ins Innere des Schiffes; dann drehte er sich herum, ergriff Astaroth im Nacken und zog ihn einfach zu sich herein, während Trautman und Ben nach Singh griffen um ihm zu helfen.

Aus eigener Kraft hätte er es vermutlich auch nicht mehr geschafft. Unterstützt von Trautman und Ben kroch der Inder mit letzter Kraft zu ihnen herein, brach in die Knie und presste stöhnend die Hände gegen die Brust. Sein Hemd färbte sich sofort rot. Er musste sich an den scharfen Metallkanten übel verletzt haben.

Besorgt kniete Mike neben Singh nieder und wollte nach dessen Händen greifen, aber der Inder schüttelte nur den Kopf.

»Ist es schlimm?«, fragte Mike.

»Nicht sehr«, antwortete Singh mit einem erzwungenen Lächeln. »Es sind nur ein paar Schnitte. Ich habe schon Schlimmeres überlebt, Herr.«

»Du sollst mich nicht Herr nennen«, sagte Mike – was fast eine Art Zeremoniell zwischen ihnen war. Sie waren schon längst nicht mehr Diener und Herr, aber Singh würde es sich wahrscheinlich niemals ganz abgewöhnen, sich nicht nur als seinen Freund, sondern auch als Mikes Leibwächter zu sehen, der er einmal gewesen war.

»Das war unglaublich tapfer von dir«, sagte Mike.

Das war unglaublich dämlich von ihm, sagte Astaroth in Mikes Gedanken. *Das war ja wohl das Bekloppteste, was ich jemals gesehen habe! Was glaubt ihr, was passiert, wenn die NAUTILUS taucht?*

Immerhin sind wir an Bord, erwiderte Mike.

Ja, und auch so unglaublich sicher, nicht wahr?, fügte Astaroth spöttisch hinzu.

Mike brachte es nicht fertig, zu widersprechen. Der Kater hatte nur zu Recht. Das Loch, das im Rumpf der NAUTILUS gähnte, war so groß wie das sprichwörtliche Scheunentor. Wenn die NAUTILUS tauchte, waren sie verloren.

Sie werden schon nicht tauchen, sagte Mike. *Damit würden sie uns umbringen und das traue ich Argos nun doch nicht zu.*

Ich auch nicht, erwiderte Astaroth gelassen. *Vorausgesetzt, er weiß, dass wir hier sind.*

Ein eisiger Schrecken durchfuhr Mike. Er traute Argos tatsächlich nicht zu, ihnen nach dem Leben zu trachten, aber Astaroth hatte Recht: Sie waren nicht unbedingt durch die Vordertür hereingekommen. Es war also wahrscheinlich, dass der Atlanter gar nicht wusste, dass sie an Bord waren.

Während er sich um Singh gekümmert und mit dem Kater geredet hatte, hatten die anderen damit begonnen, ihre Umgebung zu erkunden. Der Raum, in dem sie sich befanden, war einstmals eines der Magazine des Schiffes gewesen. Jetzt war sein Inhalt nicht einmal mehr zu erraten und bestand nur aus wirren Trümmern und zerfetztem Metall. Das Wasser stand immer noch knietief hier drinnen und überall ragten scharfkantige Trümmer und Scherben hervor, sodass sie sich nur mit äußerster Vorsicht bewegen konnten und stets Gefahr liefen, sich an einem Trümmerstück zu verletzen, das unter der Wasseroberfläche verborgen war. Trautman und Juan machten sich an dem geschlossenen Schott am anderen Ende des Raumes zu schaffen. Die Notfallautomatik hatte sämtliche Türen in diesem Teil des Schiffes verriegelt, als die NAUTILUS von dem Torpedo getroffen worden war, um den Wassereinbruch möglichst gering zu halten. Und sie schien noch immer in Kraft zu sein – Trautman und Juan gelang es jedenfalls nicht, die Panzertür zu öffnen.

Ein harter Ruck ging durch das Schiff, dem eine zweite, noch heftigere Erschütterung folgte, die nicht nur Mike, sondern mit Ausnahme Bens auch alle anderen von den Füßen riss, sodass sie unsanft in dem eiskalten Wasser landeten. Mike schluckte

Wasser, kam prustend wieder hoch und sah gerade noch, wie eine gewaltige Woge durch das Loch in der Wand hereinbrach, da wurde er auch schon wieder von den Füßen gerissen und ein zweites Mal unter Wasser gedrückt.

Als er wieder hochkam, war der Raum erfüllt von den erschrockenen Schreien und Rufen der anderen. Singh, Ben, Trautman, Chris und Juan plantschten ebenso wie er hilflos im Wasser, das ihnen jetzt nicht mehr bis an die Waden, sondern bis über die Knie hinaufreichte und unaufhaltsam weiter anstieg, und der Boden hatte nun eine spürbare Neigung.

Die NAUTILUS tauchte!

»O nein!«, keuchte Mike. »Astaroth! Astaroth, wo bist du?«

Ben und Trautman begannen mit den Fäusten gegen das geschlossene Panzerschott zu hämmern, während sich Mike nach dem Kater umsah. Er schrie sowohl laut als auch in Gedanken nach Astaroth, bekam aber keine Antwort. Nach zwei oder drei Sekunden, in denen das Wasser um mindestens ebenso viele Zentimeter angestiegen war, entdeckte er den Kater auf einem Wandvorsprung in Kopfhöhe, wo er sich mit gesträubtem Fell und wild die hereinbrandenden Wellen anfauchend festgeklammert hatte. »Astaroth!«, schrie Mike. »Tu etwas!« Astaroth war eindeutig in Panik. Wenn Mike jemals eine Katze gesehen hatte, die *Angst* hatte, dann war es Astaroth in diesem Moment – und das war nun wirklich seltsam, denn von allen hier war er der Einzige, der gar keinen Grund dazu hatte. Sie würden hilflos ertrinken, wenn nicht ein Wunder geschah, aber der Kater war durchaus in der Lage, unter Wasser zu atmen. Trotzdem führte er sich auf wie toll!

Mike musste hastig nach einem Halt suchen, um nicht schon wieder von den Füßen gerissen zu werden, schrie aber weiter aus Leibeskräften: »Astaroth! Tu etwas!«

Aber was denn?, antwortete der Kater auf seine lautlose Weise. *Soll ich vielleicht die Tür aufbeißen?*

Du musst Serena rufen! Oder Argos! Sag ihnen, dass wir hier sind!

Das kann ich nicht, antwortete Astaroth. Seltsamerweise blieb seine gedankliche Stimme dabei ganz ruhig. *Du weißt doch, dass du der Einzige bist, mit dem ich reden kann.*

»Das ist mir egal!«, brüllte Mike in schierer Todesangst. *Tu etwas!*

Das Wasser reichte ihm mittlerweile bis zur Brust und es stieg mit jeder Welle, die hereinflutete, weiter. Die NAUTILUS sank sehr schnell. In spätestens zehn oder fünfzehn Sekunden würde der Laderaum bis unter die Decke mit Wasser gefüllt sein.

Plötzlich begann das Wasser unmittelbar neben Mike zu brodeln. Ein verschwommener Schatten huschte unter seiner Oberfläche entlang, dann bäumte sich ein geschuppter grauer Körper in einer Explosion aus Wasser und spritzendem weißem Schaum zwischen Trautman und Ben auf, stieß die beiden zur Seite und schlug mit unvorstellbarer Kraft gegen die Panzertür. Der dröhnende Schlag schien die gesamte NAUTILUS zu erschüttern. Das Metall ächzte. Es hielt dem Hieb stand, aber zu dem ersten Geschöpf gesellte sich plötzlich ein zweites, das sich nun ebenfalls mit aller Gewalt gegen das Schott warf, und dieser doppelte Ansturm war zu viel. Die Tür aus zehn Zentimeter dickem Stahl wurde einfach aus dem Schloss gerissen, schwang auf und prallte wuchtig gegen die Wand dahinter. Das gestaute Wasser schoss schäumend in den Gang und riss Ben und Trautman, dann auch Chris, Juan und Singh einfach mit sich. Und auch Mike wurde von den Füßen gefegt und auf die Tür zugezerrt.

Doch er hatte weniger Glück als die anderen. Aus dem Meer strömte immer noch mehr Wasser herein, als durch die Tür abfließen konnte, sodass sich vor der Öffnung ein wirbelnder Strudel bildete. Mike geriet hinein und versuchte mit hilflosen Schwimmbewegungen an die Oberfläche zu gelangen. Da begann sich die Tür vor seinen Augen zu schließen. Mikes Bewegungen wurden kraftloser, und gerade als er glaubte, dass es nun endgültig vorbei war, da griff eine Hand nach seinem Arm, packte ihn und stieß ihn mit einer unglaublich heftigen Bewegung durch die Tür.

Mike prallte gegen hartes Metall, aber er sah endlich Licht über sich und der Anblick gab ihm trotz allem noch einmal die Kraft, sich aufzubäumen und die Wasseroberfläche zu durchbrechen.

Kaum hatte er es getan, da packten ihn zwei, drei Hände und zerrten ihn vollends nach oben. Alles drehte sich um ihn. Irgendwoher nahm er trotzdem die Kraft, die Augen zu öffnen. Die Tür war immer noch nicht ganz geschlossen, aber der hereinsprudelnde Wasserstrom hatte deutlich an Kraft verloren. Das Wasser reichte ihnen jetzt nur noch bis zu den Knien und sank rasch weiter und die Tür schloss sich jetzt immer schneller.

»Astaroth!«, flüsterte er. »Wo ist Astaroth?«

Niemand antwortete. Doch eine Sekunde, bevor sich das

Panzerschott endgültig schloss und wieder einrastete, flog ein struppiges schwarzes Bündel durch die Öffnung, segelte fauchend und kreischend an Mike und den anderen vorbei und landete mit einem gewaltigen Platschen im Wasser.

Trautman und Ben ließen ihn vorsichtig los. Mike ließ sich gegen die Wand sinken. Sein Herz hämmerte noch immer und er hatte Mühe, klar zu sehen, aber seine Kraft kehrte erstaunlich schnell zurück.

»Alles in Ordnung mit dir?«, fragte Trautman besorgt.

Mike nickte. »Ja«, antwortete er mühsam. »Aber das war verdammt knapp.«

»Und das ist noch geschmeichelt«, pflichtete ihm Trautman mit düsterem Gesichtsausdruck bei. »Wenn diese Männer nicht gekommen wären ...« Er schüttelte verwirrt den Kopf. »Wer waren sie?«

Das wusste Mike nicht, ebenso wenig wie Trautman oder die anderen. Alles war viel zu schnell gegangen um Einzelheiten zu erkennen, aber eines hatte er doch ganz deutlich gesehen – vielleicht für weniger als eine Sekunde, aber doch so deutlich, dass er den Anblick so schnell nicht mehr vergessen würde: die Hand, die ihn am Arm gepackt und durch die Tür gestoßen hatte.

Es war nicht die Hand eines Mannes gewesen. Vielleicht nicht einmal die Hand eines Menschen. Sie war sehr groß gewesen und sie hatte fünf Finger gehabt, aber diese Finger waren ihm viel zu lang vorgekommen und da war vor allem eines: zwischen ihnen befanden sich dünne, halb durchsichtige Schwimmhäute!

Das Schiff glitt noch immer in steilem Winkel ins Meer hinab! Wenn es sein Tempo beibehalten hatte, dann mussten sie jetzt bereits dreißig, vierzig Meter tief unter Wasser sein und das war möglicherweise mehr, als die NAUTILUS in ihrem angeschlagenen Zustand verkraften konnte.

»Argos muss komplett den Verstand verloren haben!«, keuchte Trautman. »Will er uns denn alle umbringen? Und sich dazu? Los!«

Er stürmte vorwärts und alle anderen folgten ihm, selbst Mike, obwohl er sich immer noch so wackelig auf den Beinen fühlte, dass er sich am liebsten auf dem nackten Boden ausgestreckt hätte, um auf der Stelle einzuschlafen. Sie brauchten nicht mehr als ein paar Minuten, um die Wendeltreppe aus Metall zu erreichen, die zum Salon hinaufführte, und trotzdem kam es Mike vor, als wären es Ewigkeiten. Das Schiff zitterte und ächzte rings um sie herum. Die Motoren dröhnten, wie er es noch nie gehört hatte, und manchmal glaubte er ein unheimliches Knacken und Rumoren zu hören, das seinen Ursprung irgendwo hinter ihnen hatte.

Er wusste, woher dieses Geräusch stammte. Durch das Loch im Heck war Wasser in die NAUTILUS eingedrungen und die inneren Wände des Schiffes waren nicht dafür angelegt, dem Wasserdruck in einer solchen Tiefe standzuhalten. Sie hatten dieses fantastische Tauchboot schon auf eine Tiefe von weit über viertausend Metern hinuntergebracht, aber da war die Außenhülle intakt gewesen. In ihrem jetzigen Zustand würde die NAUTILUS nicht einmal ein Zehntel dieses Wasserdruckes aushalten!

Trotz seines Alters war Trautman der Erste, der in den Salon hineinstürzte. Argos stand hinter den Kontrollinstrumenten des Schiffes, ganz wie sie es erwartet hatten, aber zu Mikes Überraschung war er nicht allein: Serena war bei ihm und hantierte hektisch an Schaltern und Knöpfen. Und die beiden waren so sehr in ihr Tun vertieft, dass sie im ersten Moment nicht einmal bemerkten, wie Trautman und die anderen hereinkamen.

»Aufhören!«, brüllte Trautman. »Wollt ihr uns alle umbringen?!«

Argos sah mit einem Ruck hoch. Für eine Sekunde erstarrte er und auf seinem Gesicht erschien ein Ausdruck, der zwischen fassungslosem Erstaunen und tiefer Erleichterung schwankte. Er öffnete den Mund um etwas zu sagen, aber da war Trautman bereits bei ihm, stieß ihn mit einer groben Bewegung zur Seite und beförderte auch Serena nicht viel sanfter vom Pult weg. Gleichzeitig begannen seine Hände über die Tasten und Schalter zu fliegen. »Singh!«, befahl er barsch. »Hilf mir!«

Der Inder war mit zwei schnellen Schritten neben ihm. Seine Hände bluteten immer noch heftig, aber das schien er gar nicht zu merken. »Volle Kraft zurück«, befahl Trautman. »Druck auf die vorderen Tanks. Ich versuche sie auszutrimmen.«

Das Maschinengeräusch veränderte sich. Es wurde schriller und gleichzeitig nahm das Zittern und Stampfen des Bodens merklich zu und auch das unheimliche Ächzen war jetzt viel deutlicher zu hören als noch vor wenigen Momenten. Mike streckte instinktiv die Arme aus um sich irgendwo festzuhalten, als sich das Schiff für einen Moment gefährlich auf die Seite legte und dabei stöhnte wie ein lebendes Wesen, das Schmerzen litt. Obwohl er dem Kontrollpult nicht einmal nahe war, konnte er sehen, dass gleich Dutzende von roten Warnlämpchen darauf zu flackern begonnen hatten.

»Mehr Pressluft in die Tanks!«, befahl Trautman. »Alles, was du hast!« Seine Hände hämmerten immer nervöser auf den Instrumenten herum. Das Schiff schüttelte sich und bockte wie ein durchgehendes Wildpferd, das sich gegen die Zügel stemmt, und irgendwo weit hinter ihnen zerbrach etwas mit einem schmetternden Knall. Nur einen Sekundenbruchteil später konnten Mike und die anderen das Geräusch hören, das Seefahrer in aller Welt wie nichts sonst fürchteten: das sprudelnde Rauschen von Wasser, das unter enormem Druck hereinströmte.

»Das Sicherheitsschott ist gebrochen«, sagte Singh mit überraschender Ruhe.

Trautman nickte, betätigte rasch hintereinander zwei, drei weitere Schalter und ein schwerer metallener Gongschlag hallte durch das Schiff und schnitt das Geräusch hereinströmenden Wassers ab. »Das wird für den Moment halten«, sagte er, »aber ich weiß nicht wie lange.«

Niemand wagte es, auch nur einen Finger zu rühren, während die beiden ungleichen Männer verzweifelt mit den Kontrollinstrumenten der NAUTILUS kämpften. Das Schiff zitterte immer noch, legte sich auf die eine Seite, rollte schwerfällig auf die andere und dann wieder zurück. »Ich bekomme das Schiff nicht hoch!«, sagte Trautman. »Verdammt!«

»Sinken wir?«, erkundigte sich Chris.

Trautman schüttelte den Kopf. »Nein«, erwiderte er. »Wir halten unsere Position. Aber ich kann nicht aufsteigen. Wir haben Wasser im Schiff. Wir sind zu schwer.«

Mit einer Bewegung, die halb wütend, halb resigniert wirkte, legte er einige weitere Schalter um, schüttelte den Kopf und wandte sich dann an Argos:

»Sind Sie zufrieden?«, fragte er.

Argos hob in einer hilflos wirkenden Geste die Hände. »Aber ... aber ich wollte doch nur –«

»– herausfinden, was dieses Schiff aushält, bevor es auseinander bricht?« Trautman schnitt ihm mit einer ärgerlichen Geste das Wort ab. »Das haben Sie geschafft. Meinen Glückwunsch!«

»Sie verstehen nicht«, begann Argos, wurde aber schon wieder von Trautman unterbrochen:

»Ich verstehe, dass Sie uns die ganze Zeit belogen haben! Sie wollten dieses Schiff! Wozu? Um es an die Amerikaner zu verkaufen? Die Deutschen? Die Engländer?«

»Aber er hat es doch nur für euch getan«, sagte Serena.

Trautman fuhr zu ihr herum. »Was?«

»Ihr wart alle in einer furchtbaren Gefahr!«, sagte Serena. »Wir *mussten* verschwinden oder euer Leben wäre auf dem Spiel gestanden!«

»So wie jetzt?«, fragte Ben mit bösem Spott.

»Sie sagt die Wahrheit«, sagte Argos. »Ich kann es euch nicht verübeln, wenn ihr mir nicht glaubt, aber es ist genau so, wie Serena sagt. Ich hatte keine Zeit mehr, euch zu warnen, sonst hätte ich es getan.«

»Warnen?«, fragte Mike. »Wovor?«

Ehe Argos antworten konnte, sagte Singh: »Wir sinken weiter.«

Trautman fuhr mit einer erschrockenen Bewegung herum und senkte den Blick auf die Kontrollinstrumente. Er wurde noch bleicher. »Wir sind einfach zu schwer«, sagte er. »Die Maschinen laufen mit voller Kraft, aber sie schaffen es nicht, das Schiff zu heben. Wir haben zu viel Wasser aufgenommen.«

»Und wenn wir es hinauspumpen?«, schlug Singh vor. »Die Pumpen sind immer noch angeschlossen, ich müsste sie nur einschalten und ein paar Schläuche umklemmen. Das dauert allerhöchstens eine halbe Stunde, vielleicht nur zwanzig Minuten.«

Trautman dachte einen Moment lang darüber nach, aber dann schüttelte er den Kopf. »So viel Zeit bleibt uns nicht«, sagte er. »Wir sinken nicht sehr schnell, aber wir sinken. Wenn noch ein Sicherheitsschott bricht, ist es vorbei. Und das wird es in ein paar Minuten, wenn kein Wunder geschieht.«

Die Torpedos, flüsterte eine Stimme in seinen Gedanken.

Mike sah verwirrt auf Astaroth hinab. Der Kater war ihnen gefolgt und saß nun genau zwischen seinen Füßen, wie er es oft tat. Er sah nicht zu Mike hoch, aber er wiederholte seine Botschaft:

Die Torpedos!

Und endlich begriff Mike. »Natürlich!«, rief er. »Die Torpedorohre!«

Alle blickten ihn verwirrt an, selbst Trautman, der von der Technik der NAUTILUS mit Abstand am meisten verstand. »Begreift ihr denn nicht?«, fragte Mike aufgeregt. »Die Torpedorohre! Sie arbeiten mit Wasserdruck, oder? Und wo kommt dieses Wasser her?«

»Aus dem Meer«, antwortete Trautman. »Es wird durch eine Rohrleitung vom Heck her ...« Er stockte. Seine Augen weiteten sich und auf seinem Gesicht erschien ein Ausdruck von Verblüffung, dann schlug er sich mit der flachen Hand vor die Stirn, dass es klatschte. »Natürlich«, sagte er. »Wieso bin ich nicht von selbst darauf gekommen?« Aufgeregt wandte er sich an Singh. »Wir müssen nur ein paar Ventile umklemmen und wir können das Wasser direkt aus den Ballasttanks hinauspressen.«

»Das ist nicht besonders viel«, gab Singh zu bedenken, aber Trautman ließ seinen Einwand nicht gelten.

»Ein paar tausend Liter, ich weiß«, sagte er hastig. »Aber ein paar tausend Liter Wasser sind ein paar Tonnen Gewicht. Vielleicht genau das, was wir zu viel haben. Versuchen wir es!«

Singh wollte unverzüglich aus dem Raum eilen, aber Argos machte eine erschrockene Handbewegung und sagte: »Nein! Das geht nicht!«

»Wieso?«, fragte Trautman misstrauisch.

Argos deutete zur Decke. »Wie tief sind wir?«

»Vierzig Meter«, antwortete Trautman, sah rasch auf die Instrumente und verbesserte sich mit düsterem Gesichtsausdruck: »Jetzt schon fast fünfundvierzig.«

»Wenn Sie die Torpedorohre abfeuern, wird der Wasserdruck eine deutlich sichtbare Flutwelle über uns erzeugen«, sagte Argos.

Er trat an Trautman vorbei, streckte die Hand aus und schaltete das Gerät ein, mit dem sie ihre Umgebung beobachten konnten. Auf dem kleinen Bildschirm war die Wasseroberfläche zu sehen, ein kleiner Teil der Insel – und ein riesiger schwarzer Frachter ohne erkennbaren Namen oder Nationalitätskennzeichen.

»Sie würden es sehen«, sagte Argos.

Niemand antwortete. Es wurde still und es war ein erschrockenes Schweigen, das sich im verwüsteten Salon des Schiffes ausbreitete. Das Bild war nicht besonders scharf und zitterte dazu noch ununterbrochen, aber es fiel keinem von ihnen schwer, das Schiff zu identifizieren, das darauf zu sehen war.

Es war das SCHWARZE SCHIFF, dem sie schon einmal begegnet waren. Der unheimliche Frachter, dessen noch unheimlichere Besatzung Argos und ihnen schon einmal nach dem Leben getrachtet hatte und dem sie letztendlich die Katastrophe mit der NAUTILUS zu verdanken hatten!

»Das ist nicht möglich«, flüsterte Ben ungläubig. Aus aufgerissenen Augen blickte er das Schiff und dann Argos an. »Aber Sie haben gesagt, sie wären fort! Und sie würden auch nicht wiederkommen!«

»Das dachte ich auch«, antwortete Argos. »Ich habe wirklich geglaubt, dass es so ist. Aber ich habe mich getäuscht. *Deshalb* habe ich versucht mit der NAUTILUS die Insel zu verlassen. Ich dachte, sie wären hinter mir her oder vielleicht auch hinter der NAUTILUS. Wenn wir beide nicht mehr da gewesen wären, dann wärt ihr in Sicherheit. Und die Eingeborenen auch.«

»Ich glaube, Sie sind uns allmählich eine Menge Erklärungen schuldig, Argos«, sagte Trautman düster. »Aber zuallererst einmal müssen wir dafür sorgen, dass wir auch lange genug am Leben bleiben, um uns diese Erklärungen anzuhören.« Er wandte sich mit einer entsprechenden Handbewegung an Singh: »Singh – geh in den Torpedoraum und klemm die Ventile um. Ben kann dir helfen.«

»Nein!«, protestierte Argos. »Dann werden sie uns entdecken!«

Trautman beachtete ihn nicht, sondern machte erneut eine Handbewegung und Singh und Ben zögerten nun nicht mehr länger, sondern verließen eilig den Salon. Erst dann drehte sich Trautman zu Argos herum und sagte:

»Das ist gut möglich. Vielleicht sogar wahrscheinlich. Möglicherweise werden sie versuchen uns zu kapern. Aber wenn wir hier bleiben, sind wir in zehn Minuten tot.«

Argos widersprach nicht mehr, sondern starrte schweigend auf das unscharfe, zitternde Abbild des schwarzen Schiffes auf dem kleinen Bildschirm. Doch der Ausdruck, der dabei auf seinem Gesicht lag, jagte Mike einen eisigen Schauer über den Rücken. Mit großer Sicherheit hatte Trautman Recht: Wenn es ihnen nicht gelang, die NAUTILUS innerhalb der nächsten zehn oder fünfzehn Minuten an die Oberfläche zu bringen, dann würden sie alle sterben. Doch wenn er den Ausdruck auf Argos' Zügen richtig deutete, dann war das vielleicht nicht einmal das Schlimmste, was ihnen passieren konnte.

Ein bedrücktes Schweigen breitete sich im Salon des Schiffes aus, während sie darauf warteten, dass sich Singh und Ben aus dem vorderen Torpedoraum meldeten und Trautman das

Zeichen gaben, mit seinem verzweifelten Rettungsplan zu beginnen.

Dabei erging es allen Übrigen mit Sicherheit nicht anders als Mike. Er war nicht nur noch immer schockiert über Argos' Verhalten, sondern auch ziemlich verwirrt. Er hatte den angeblichen Atlanter niemals so hundertprozentig als Verbündeten akzeptiert, wie es die anderen offensichtlich getan hatten, ihn aber trotzdem nicht für ihren *Feind* gehalten. Jetzt war er nicht mehr sicher.

Sagt er die Wahrheit?, wandte er sich in Gedanken an Astaroth.

Was das schwarze Schiff angeht oder dass es ihm Leid tut?, erkundigte sich der Kater spöttisch.

Du weißt genau, wovon ich rede, erwiderte Mike ärgerlich. Astaroth benahm sich immer noch seltsam: Er lief aufgeregt im Salon auf und ab und rieb sich zwischendurch immer wieder an Mikes Beinen – ein durch und durch katzentypisches Verhalten, aber auch eines, das Astaroth selbst noch vor wenigen Stunden als seiner vollkommen unwürdig empört von sich gewiesen hätte. Mike war allmählich wirklich besorgt. Irgendetwas stimmte mit Astaroth nicht.

Aber jetzt war nicht der Moment, sich *darüber* den Kopf zu zerbrechen.

»Sie haben uns niemals erzählt, wer *sie* sind«, sagte Mike und deutete auf den Sichtschirm.

»Das ist eine lange Geschichte«, sagte Argos. »Ich gebe dir mein Wort, ich erzähle sie euch – sobald wir in Sicherheit sind.«

Ein dunkles Dröhnen ließ den Rumpf der NAUTILUS erzittern.

Es wiederholte sich nicht, doch schon nach wenigen Augenblicken hörten Mike und die anderen erneut jenen anderen, noch viel schlimmeren Laut: das raschelnde Knistern, mit dem das Metall unter dem immer größer werdenden Wasserdruck ächzte. Mike sah auf die Uhr. Singh und Ben waren erst seit knapp drei Minuten fort. Sie konnten ihre Aufgabe also noch gar nicht erledigt haben, aber ihm kam es vor, als wären drei Stunden vergangen.

Endlich meldete sich Ben über das Sprachrohr: »Wir sind so weit.« Seine Stimme klang blechern und verzerrt, aber Mike konnte die Furcht darin trotzdem hören.

»Gut«, sagte Trautman grimmig. »Dann riskieren wir es. Torpedorohre fluten!«

»Überlegen Sie es sich noch einmal«, sagte Argos nervös. »Die Erschütterung könnte die NAUTILUS in Stücke reißen!«

»Ich weiß«, antwortete Trautman. »Aber wenn wir nichts tun, dann zerbricht sie in ein paar Minuten sowieso. Wir –«

Wieder traf irgendetwas den Rumpf der NAUTILUS und ließ sie beben. Diesmal war es jedoch nicht der Wasserdruck, unter dem das Schiff ächzte – Mike hatte das unheimliche Gefühl, dass irgendetwas das Schiff *von unten* berührt hatte.

»Was war das?«, fragte auch Chris erschrocken.

Trautman hob nur die Schultern, aber er sah ebenso beunruhigt und erschrocken drein wie Mike. »Ich weiß nicht«, sagte er. »Wer –«

Wieder zitterte der Boden. Diesmal geschah es lautlos, aber so deutlich, dass sie es alle fühlten: Das Schiff schwankte leicht hin und her und dann hatten sie alle das Gefühl, als ob sie *angehoben* würden – was natürlich vollkommen unmöglich war.

»Was ist das?«, fragte Serena erschrocken.

Trautman beugte sich über seine Anzeigen und studierte sie einige Sekunden lang intensiv. »Wir sinken nicht mehr«, murmelte er. »Ich verstehe das nicht.«

Hastig griff er nach dem Sprachrohr. »Singh! Ben! Sofort aufhören!«

»Vielleicht sind wir auf den Meeresboden gesunken«, sagte Chris.

Trautman verneinte. »Der ist an dieser Stelle fast zweitausend Meter tief«, sagte er. »Aber wir sinken nicht mehr. Irgendetwas hält uns fest.«

»Ganz im Gegenteil«, murmelte Argos. Seine Stimme klang ungläubig, aber auch etwas erschrocken. »Wenn ich diese Anzeigen richtig deute, dann ... dann *steigen* wir!«

Auch Mike sah voller Unglauben auf den Tiefenmesser. Argos hatte Recht. Als er das letzte Mal darauf gesehen hatte, waren sie etwas über hundert Meter tief gewesen. Jetzt berührte die Nadel die Achtzig und stieg ganz langsam, aber sichtbar weiter nach oben.

»Wie kann das ...«, murmelte Trautman, brach dann mitten im Satz ab und legte mit einer entschlossenen Bewegung zwei kleine Schalter auf dem Pult um. Ein Summen erscholl und die große Irisblende vor dem Aussichtsfenster des Salons begann auseinander zu gleiten. Dahinter war nur die Schwärze der Tiefsee zu erkennen. Trautman betätigte einen weiteren Schalter, worauf rechts und links des Fensters zwei starke Scheinwerfer aufflammten, die grelle Lichtbahnen in die Dunkelheit warfen. Plankton und winzige Fische schimmerten darin, bevor sie sich irgendwo in hundert oder auch mehr Metern Entfernung in der Dunkelheit verloren. Aber sie konnten nun tatsächlich sehen, dass die NAUTILUS wieder stieg. Ganz langsam, aber deutlich.

»Was ist das?«, flüsterte Serena.

Niemand antwortete, aber Trautman warf Argos einen fragenden Blick zu. »Ihre Freunde?«, fragte er.

Argos fuhr sich nervös mit der Hand über das Kinn und deutete ein Kopfschütteln an. »Nein«, sagte er. »So mächtig sind nicht einmal sie.«

Bevor er weitersprechen konnte, schimmerte etwas hell im Licht der Scheinwerfer. Im ersten Moment konnte keiner von ihnen erkennen, was es war, dann identifizierten sie eine muschelüberzogene, nahezu senkrecht aufstrebende Felswand, auf die die NAUTILUS langsam zuglitt. Mit einer Mischung aus Fassungslosigkeit, Staunen und banger Erwartung verfolgten sie, wie die unheimliche Kraft das Tauchboot weiter auf das Riff zu und gleichzeitig daran entlang in die Höhe hob, bis vor ihnen ein nahezu ebenes, gewaltiges Unterwasserplateau schimmerte. Mike sah flüchtig auf den Tiefenmesser. Sie befanden sich noch dreißig Meter unter der Meeresoberfläche. Dies musste das unter Wasser liegende Fundament der Insel sein, die ja letzten Endes nichts als ein Berg war, dessen Spitze aus dem Ozean herausragte. Er war nicht überrascht, als das Schiff wieder zu sinken begann und nach wenigen Augenblicken fast sanft auf dem Meeresgrund aufsetzte.

Mike regulierte mit der linken Hand die Sauerstoffzufuhr seines Anzuges neu und versuchte zugleich, mit der rechten den Scheinwerfer ruhig genug zu halten, damit Singh arbeiten konnte. Der winzige Lichtkreis und das in regelmäßigen Abständen aufflackernde blaue Gleißen des Unterwasser-Schweißgerätes waren die einzige Helligkeit, die die endlose Nacht hier unten durchbrachen. Obwohl sie sich nur vierzig Meter unter der Meeresoberfläche befanden, drang nicht der kleinste Lichtschimmer zu ihnen herab. Oben, im trockenen Teil der Welt, musste bereits wieder Nacht herrschen. Vielleicht stand auch schon wieder der nächste Morgen bevor. Mike wusste es nicht. Er hatte jedes Zeitgefühl verloren und war so erschöpft und müde wie selten zuvor.

»Noch fünf Minuten«, drang Singhs Stimme aus den Lautsprechern, die in seinem Helm eingebaut waren.

»Was ist dann?«, erwiderte Mike müde. »Sind wir dann fertig?«

Singh lachte, leise und nicht sonderlich begeistert. »Schön wär's«, sagte er. »Nein – mein Sauerstoffvorrat geht allmählich zu Ende. Und ich glaube, das Schweißgerät ist auch bald leer.« Er seufzte. »Es dauert mindestens noch einen Tag, dieses Leck zu reparieren.«

Mikes Meinung nach war allein die Idee, ein scheunentorgroßes Leck in einem Unterseeboot vierzig Meter unter Wasser schweißen zu wollen, tollkühn. Trotzdem hatten sie sich nach kurzer Beratung an die Arbeit gemacht. Tollkühn oder nicht – sie hatten gar keine andere Wahl. Er war so sehr in seine Gedanken versunken gewesen, dass der Strahl seines Scheinwerfers die

Stelle, an der Singh arbeitete, losließ und in kleinen Zickzackbewegungen über den Rumpf der NAUTILUS zu wandern begann. Singh machte eine entsprechende Bemerkung und Mike fuhr so erschrocken zusammen, dass die Lampe seinen Fingern entglitt und langsam und sich dabei immer wieder überschlagend zu Boden zu fallen begann.

Mike bückte sich hastig danach, verlor selbst das Gleichgewicht und fiel in dem schweren Taucheranzug auf die Seite. Das war nur ein kleines Missgeschick und in keiner Weise gefährlich; die Unterwasseranzüge waren so konstruiert, dass sie ihren Träger vor fast allen denkbaren Gefährdungen schützten, aber es war ärgerlich. Der Meeresboden war knietief mit einer staubfeinen Sandschicht bedeckt, die hoch aufwirbelte, als Mike fiel, und ihm für einen Moment vollkommen die Sicht nahm. Wütend auf sich selbst rappelte er sich hoch, schwenkte den Scheinwerfer im Kreis und sah ein, dass er gar keine andere Wahl hatte, als abzuwarten, bis sich der Sand von selbst wieder senkte.

Ein silberner Schemen tauchte für den Bruchteil einer Sekunde im Licht des Scheinwerfers auf und versank wieder. Mike versuchte ihm mit dem Lichtstrahl zu folgen, sah jedoch nichts als wirbelnden Sand. Aber nur einen Moment später sah er den Schemen erneut, und obwohl er auch diesmal nur für eine Sekunde im Licht der Scheinwerfer aufblitzte, erkannte er doch jetzt genau, worum es sich handelte. Es war ein Hai!

Und es war keineswegs der einzige. Mike ließ den Scheinwerferstrahl langsam kreisen und er sah einen zweiten und dritten und vierten Hai, die mit gemächlichen, fast majestätisch anmutenden Bewegungen durch das Wasser schnitten.

»Singh!«, sagte Mike.

»Ich sehe sie«, antwortete Singh. »Beweg dich nicht! Ich komme zu dir.«

Mikes Herz begann zu klopfen. Der Taucheranzug bot ihm wahrscheinlich auch Sicherheit gegen einen Haiangriff, aber er hatte trotzdem Angst. Sie schienen ihn zu umkreisen und Mike wusste, dass Haie das oft taten, kurz bevor sie angriffen.

Eine riesenhaft anmutende Gestalt stampfte durch den aufwirbelnden Sand auf ihn zu. Es war Singh, der in seinem klobigen Taucheranzug aussah wie ein mittelalterlicher Ritter, der sich um Jahrhunderte geirrt hatte. Auch er hatte einen Scheiwerfer eingeschaltet, den er hin und her schwenkte, und trug das Schweißgerät wie eine Waffe in der rechten Hand. Mike wusste natürlich, dass ihm das rein gar nichts nutzen würde, sollten die Haifische sie wirklich angreifen. Aber es war seltsam: Irgendwie spürte er, dass die Tiere das nicht tun würden.

»Zur Schleuse!«, sagte Singh und leuchtete mit seinem Scheinwerfer in die entsprechende Richtung. Zwei, drei Haifische huschten mit eleganten Bewegungen aus dem Licht heraus. »Aber vorsichtig«, fuhr der Inder fort. »Mach keine hastigen Bewegungen, sonst greifen sie vielleicht an.«

Mike hätte sich vermutlich nicht einmal dann schnell bewegen können, wenn er es gewollt hätte. Der Taucheranzug war zu schwer dazu und er sank bei jedem Schritt bis an die Knie in den weichen Sand ein. Langsam bewegte er sich neben Singh an der Flanke der NAUTILUS entlang, bis sie die Tauchkammer erreichten. Während sie darauf warteten, dass die Schleuse voll Wasser lief, sodass sie die äußere Tür öffnen konnten, ließen sie beide ihre Scheinwerferstrahlen in langsamen, gegeneinander gerichteten Kreisen durch das Wasser gleiten.

Der Anblick war erschreckend und faszinierend zugleich: Es mussten Dutzende von Haien sein, die sie umgaben. Haie der unterschiedlichsten Gattung und Größe. Sie schwammen scheinbar ziellos hierhin und dorthin, bewegten sich manchmal auf sie zu, manchmal von ihnen fort, kreisten und schienen fast so etwas wie einen bizarren Tanz aufzuführen. Keines der Tiere kam ihnen jemals näher als vier oder fünf Meter und doch schienen sie sich auch nie sehr weit von ihnen zu entfernen.

»Was bedeutet das?«, murmelte Mike.

»Ich weiß es nicht, Herr«, antwortete Singh, der im Moment der Gefahr wieder in seine alten Gewohnheiten zurückfiel. »Aber es gefällt mir nicht.«

Hinter ihnen öffnete sich nahezu lautlos die äußere Schleusentür. Normalerweise betraten sie die Tauchkammer einzeln, denn sie war so klein, dass sie kaum genug Platz für einen bot. Jetzt aber quetschten sie sich gemeinsam hinein. Keiner von ihnen wollte länger als unbedingt nötig in der Gesellschaft der Haifische zubringen.

Trautman und Ben erwarteten sie, als sich die äußere Tür geschlossen hatte und der Wasserspiegel so weit gesunken war, dass sie das innere Schleusenschott öffnen konnten. Die beiden halfen erst Singh, dann Mike aus dem Taucheranzug zu steigen; eine Aufgabe, die allein kaum zu bewältigen war.

Trautman hatte bereits frische Sauerstoffflaschen bereitgestellt und wollte unverzüglich in Singhs Anzug steigen. Ben und er hatten wohl vor, die nächste Schicht zu übernehmen. Obwohl sie ebenso müde und erschöpft aussahen, wie Mike sich fühlte, wusste er doch, dass Trautman sich keine Ruhepause gönnen würde, bevor die Reparaturarbeiten nicht abgeschlossen und die größte Gefahr somit gebannt war.

Singh schüttelte jedoch den Kopf und machte eine abwehrende Bewegung mit beiden Händen. »Ihr solltet da jetzt nicht rausgehen«, sagte er. »Wir haben Gesellschaft. Haifische! Hunderte!«

Das war zwar übertrieben, aber Mike bestätigte die Behauptung trotzdem mit einem Nicken. Der Inder und er erzählten abwechselnd und mit knappen Worten, was sie beobachtet hatten. Trautmans Gesicht nahm dabei einen immer besorgteren Ausdruck an, aber er sagte nichts, sondern legte schließlich den Taucherhelm aus der Hand und seufzte: »Also gut. Machen wir eine Pause. Vielleicht tut sie uns allen ja ganz gut.«

»Das ist wirklich unheimlich«, sagte Ben, während sie sich umwandten und wieder in Richtung Salon gingen. Ein helles, rhythmisches Hämmern und Klingen drang an ihr Ohr. Juan, Chris und möglicherweise auch Argos waren nicht untätig. Trautman hatte zur Sicherheit darauf bestanden, auch das innere Schott, das die gefluteten Bereiche abriegelte, verstärken zu lassen.

»Was glaubst du, wie ich mich erst gefühlt habe?«, sagte Mike.

Ben nickte und sagte: »Ich war vorhin im Salon, weißt du? Und ich habe ein paar Funksprüche aufgefangen.«

»Und?«

»Ich habe mir nichts dabei gedacht«, antwortete Ben. »Aber jetzt ...« Er zuckte mit den Schultern. »So tief, wie wir sind, konnte ich nur ein paar sehr starke Signale empfangen. Es waren einige Warnungen vor Haien dabei.«

Mike blieb überrascht stehen und sah den jungen Engländer an. »Warnungen vor Haien?«

»Ja, aus der Gegend hier«, antwortete Ben. »Vielleicht im Umkreis von zwei-, dreihundert Meilen. Es sind sehr viele Haifische gesehen worden. Anscheinend haben sie bisher noch niemanden angegriffen, aber natürlich sind die Leute beunruhigt, dass sie plötzlich in solchen Massen auftauchen.«

Das konnte Mike durchaus verstehen. Auch er hatte sich dort draußen alles andere als wohl gefühlt. Und trotzdem erging es ihm noch immer genau so wie gerade: Der Anblick dieser gewaltigen Haiarmee hatte ihn erschreckt, verwirrt und beunruhigt – aber irgendetwas sagte ihm trotzdem, dass diese Tiere keine Gefahr darstellten, jedenfalls nicht im Moment und nicht für ihn.

Er behielt seine Überlegungen für sich, nahm sich aber fest vor, sie zur Sprache zu bringen, sobald sie alle zusammen waren. Er war sicher, dass das plötzliche Auftauchen so vieler Haifische in ihrer Nähe kein Zufall war.

Als sie im Salon ankamen, trafen sie Argos und Serena. Der Atlanter war dabei, mit einem Lötkolben an einem halb auseinander genommenen Gerät zu hantieren, wobei er sich allerdings so ungeschickt anstellte, dass Ben hörbar seufzte und den Kopf schüttelte. Serena stand hinter ihm und sah ihm zu. Sie hatte die linke Hand auf die Stuhllehne gestützt und die rechte in einer vertrauten Geste auf Argos' Schulter gelegt; ein Anblick, der Mikes Eifersucht jäh wieder neue Nahrung gab. Und als wäre das alles noch nicht genug, saß Astaroth zwischen Argos' Füßen, leckte sich gemächlich die Pfoten und schnurrte dabei wie ein kleiner Elektromotor.

Verräter!, dachte Mike impulsiv.

Eifersüchtiger Dummkopf!, erwiderte Astaroth, ohne seine Tätigkeit zu unterbrechen oder Mike auch nur eines Blickes zu würdigen. Argos aber sah auf, ließ den Lötkolben sinken und fragte: »Wie seid ihr vorangekommen?« Dann runzelte er die Stirn, sah erst Ben, dann Trautman an und fügte hinzu: »Ich dachte, Sie wollten die beiden gleich ablösen um schneller fertig zu sein?«

Statt zu antworten ging Trautman mit schnellen Schritten zum Kommandopult und schaltete die Außenscheinwerfer ein. Er hatte die Lichter ausgeschaltet, kurz nachdem sie auf dem Meeresgrund aufgesetzt hatten um die Batterien zu schonen, denn niemand wusste, wie lange sie hier unten ausharren mussten und wann sie wieder ans Sonnenlicht kamen, das nötig war, sie aufzuladen. Nun aber wich die Dunkelheit rings um die NAUTILUS schlagartig gleißendem Licht.

»Großer Gott!«, stöhnte Ben.

Mike begriff, dass Singh keineswegs übertrieben hatte. Es *waren* Hunderte von Haifischen, die im grellen Licht der Scheinwerferbatterien auftauchten! Die plötzliche Helligkeit schien die Tiere zu verscheuchen, denn sie machten plötzlich kehrt und versuchten aus dem Bereich des Lichtes zu entkommen, aber ihre Zahl war trotzdem unüberschaubar. Sie umgaben das Schiff wie ein ins Absurde vergrößerter Heringsschwarm. Allein bei dem Gedanken, dass Singh und er vor kaum fünf Minuten mitten in dieser ungeheuren Menge gefährlicher Raubfische gewesen waren, jagte ihm einen eisigen Schauer über den Rücken.

Langsam drehte er sich zu Argos herum. Auch Argos starrte durch das Fenster nach draußen und auch in seinen Augen war dieselbe Mischung aus Unglauben und Schrecken zu sehen, wie auf den Gesichtern aller anderen, aber es schien Mike, als würde der Atlanter etwas sehen, was ihn bis ins Mark erschreckte, aber nicht weil es ihn überraschte, sondern weil er es erwartet hatte.

»Können Sie uns das erklären?«, fragte er.

Argos blinzelte. »Ich? Was habe ich denn damit zu tun?«

Mike zuckte mit den Schultern. »Seit wir Sie getroffen haben, ereignen sich eine Menge seltsamer Dinge.«

Argos antwortete nicht. Sein Gesicht blieb vollkommen unbewegt, doch in seinen Augen war plötzlich etwas, was Mike schaudern ließ. Erst nach einer Weile sagte der Atlanter leise: »Du bist ja verrückt.«

Mike setzte zu einer zornigen Entgegnung an, aber in diesem Moment hörte er Astaroths Stimme in seinen Gedanken: *Nicht jetzt!*

Er antwortete auf dieselbe Weise: *Was soll das heißen?*

Später, in deiner Kabine, antwortete Astaroth. *Ich erkläre dir alles, aber es ist besser, wenn die anderen nicht dabei sind.*

Das verwirrte Mike noch mehr. Astaroth hatte sich in den letzten Tagen schon seltsam benommen, aber so geheimnisvoll wie jetzt hatte er noch nie getan. Dazu kam sein merkwürdiges Verhalten: Er saß noch immer zwischen Mikes Füßen und leckte sich das nasse Fell. Hätte er es nicht besser gewusst, so hätte selbst Mike in diesem Moment Stein und Bein geschworen, dass Astaroth nichts anderes war als ein vielleicht etwas zu groß geratener, aber durch und durch normaler schwarzer Kater.

Zu seiner Überraschung sagte Trautman plötzlich: »Vielleicht hat er ja Recht, Mike. Wir sind alle ein bisschen nervös. Nach dem, was passiert ist, ist das ja auch kein Wunder. Vielleicht hat es mit diesen Haifischen wirklich nichts auf sich.«

»Sie meinen, es ist ganz normal, dass sie plötzlich zu Hunderten hier auftauchen?«, fragte Mike spöttisch.

Trautman schüttelte den Kopf. »Natürlich nicht. Aber es muss nicht unbedingt etwas mit uns zu tun haben.«

»So wenig wie die geheimnisvollen Fremden, die uns gestern gerettet haben?«, fragte Mike.

Trautman sah ihn stirnrunzelnd an. »Wovon redest du?«

Im ersten Moment war Mike so verblüfft, dass er nicht antworten konnte. Der fragende Ausdruck auf Trautmans Gesicht war echt. Er drehte sich zu Chris herum und stellte fest, dass auch dieser ihn nur verwirrt ansah, und dasselbe galt für alle anderen ebenso.

»Ich rede von gestern«, sagte er. »Als wir beinahe ertrunken wären. Das könnt ihr doch nicht vergessen haben!«

»Natürlich nicht«, sagte Trautman mit einem finsteren Blick in Argos' Richtung. »Und wir werden zu gegebener Zeit auch noch einmal eingehend darüber reden.«

»Ich meine die, die die Tür geöffnet haben«, sagte Mike.

»Geöffnet?«

»Aber Sie ... Sie müssen sie doch gesehen haben!«,

murmelte Mike. »Er ist doch genau zwischen Ihnen und Ben aufgetaucht und –« Er sprach nicht weiter, als er in Trautmans Gesicht sah.

Trautman erinnerte sich nicht. So unglaublich es schien: Weder er noch einer der anderen schien vom plötzlichen Auftauchen der unheimlichen Wesen irgendetwas mitbekommen zu haben.

Und dabei wollen wir es im Moment auch belassen, flüsterte Astaroths Stimme in seinem Kopf. *Glaub mir, es ist besser.*

Mike war nunmehr vollends durcheinander. Wenn es jemanden an Bord des Schiffes gab, dem er immer und vorbehaltlos vertraut und geglaubt hatte, dann war es Astaroth. Nun aber zweifelte er plötzlich an der Urteilskraft des Katers, ja, er ertappte sich für einen Moment sogar dabei, sich zu fragen, ob Astaroth ihn vielleicht ganz bewusst belog. Natürlich beantwortete er seine Frage im selben Moment auch selbst mit einem klaren Nein.

Gut, dass du so schlau bist, sagte Astaroth. *Wäre es anders, hätte ich dich nämlich von der Wahrheit überzeugen müssen. Ich habe da ein paar ziemlich gute Argumente an den Enden meiner Pfoten, weißt du?*

Mike blickte fassungslos auf den Kater hinab. Astaroth tat immer noch so, als wäre er ganz damit beschäftigt, sich das Fell trockenzulecken. Offensichtlich wollte er nicht, dass die anderen irgendetwas von ihrem lautlosen Gespräch merkten. Und so schwer es Mike fiel, er beschloss, sein Spiel – wenigstens für den Moment – noch mitzuspielen. Aber wenn Astaroth nicht ein paar verdammt gute Argumente hätte, dann würde er

Argos noch heute Abend zur Rede stellen. Das nahm er sich fest vor.

Niemand hatte Einwände erhoben, als Trautman nach einer Weile vorschlug, die Reparaturarbeiten für einige Stunden zu unterbrechen, sodass sie sich alle wenigstens etwas von dem dringend benötigten Schlaf gönnen konnten.

Zurück in seiner Kabine erlebte Mike jedoch eine unangenehme Überraschung: Das eingedrungene Wasser hatte auch seine Kabine nicht verschont. Es stand zwei oder drei Zentimeter hoch auf dem Boden und die Feuchtigkeit, die zwei Wochen lang Zeit gehabt hatte, alles zu durchdringen, hatte ihre Arbeit wirklich gründlich getan. Seine Matratze und sein Bettzeug waren klamm und rochen muffig, sodass er es erst einmal wechseln musste. Während er damit beschäftigt war, kratzte es an der Tür. Mike öffnete und Astaroth huschte zu ihm herein. Der Kater sah sich maunzend um. Er sprang schließlich auf das abgezogene Bett hinauf und rollte sich schnurrend zusammen.

»Das wurde aber auch Zeit«, sagte Mike.

Astaroth blickte ihn kurz an und senkte dann wieder den Kopf auf die Pfoten. Er antwortete nicht. Mike sah ihn eine ganze Weile geduldig an und wartete darauf, dass der Kater von sich aus das Gespräch eröffnete, aber Astaroth tat es nicht.

»Also, was soll das eigentlich?«, fragte Mike schließlich. Seine Stimme – er sprach laut – verriet mehr von seiner Verärgerung, als ihm selbst bewusst war. Astaroths Ohren zuckten und wandten sich in seine Richtung, aber der Kater sah ihn nicht an.

»Wenn du nur gekommen bist, um dein albernes Spielchen fortzusetzen, kannst du auch genauso gut wieder gehen«, sagte Mike.

Endlich reagierte Astaroth, wenn auch nicht äußerlich. *Was willst du wissen?*, fragte er.

Mike hatte wirklich Mühe, seinen Zorn noch zu bändigen. »Ich glaube, das weißt du ziemlich genau«, erwiderte er gepresst. »Also: Ich habe getan, was du wolltest und keinem etwas gesagt, aber jetzt möchte ich allmählich eine Erklärung. Wer sind diese seltsamen Wesen? Was suchen sie hier und wieso durfte ich keinem etwas davon sagen? Und wieso erinnern sich Trautman und die anderen nicht an sie?«

Weil sie sie nicht gesehen haben, erwiderte Astaroth.

»Gesehen?!« Mike ächzte. »Sie standen genau zwischen ihnen!«

Trotzdem haben sie sie nicht gesehen, beharrte Astaroth. *Sie hätten ihnen die Hand schütteln können und sie hätten sie nicht gesehen!*

Mike legte fragend den Kopf auf die Seite. »Ist das deine Methode, mir schonend beizubringen, dass ich spinne?«, wollte er wissen.

Nein, antwortete der Kater, *das ist meine Methode, dir zu erklären, dass diese Wesen nur von denen gesehen werden können, denen sie erlauben sie zu sehen.* »Aha«, sagte Mike.

Ich weiß, das klingt ein wenig seltsam, gestand Astaroth, *aber es ist nun einmal so. Es sind Geschöpfe von großer Macht und glaub mir, sie sind* sehr *gefährlich.*

»Für wen?«, wollte Mike wissen.

Nicht für euch, antwortete Astaroth. *Jedenfalls nicht, solange ihr ihnen nicht in die Quere kommt.*

»Was sind das für Wesen?«, fragte Mike.

Kann ich dir nicht erklären, erwiderte der Kater. *Ich darf es nicht. Selbst wenn ich es dürfte, könnte ich es wahrscheinlich nicht einmal. Aber ihr seid nicht in Gefahr. Es gibt keinen Grund, Angst zu haben.*

Mikes Meinung nach war es schon immer eine nahezu todsichere Methode gewesen, jemanden in Panik zu versetzen, indem man ihm nur nachdrücklich genug versicherte, dass er keinen Grund hatte, Angst zu haben. Außerdem verwirrte und beunruhigte ihn Astaroths seltsames Benehmen immer mehr. Der Kater unterhielt sich mit ihm, er beantwortete seine Fragen, aber Mike hatte das Gefühl, dass er genauso gut mit seinem Schrank reden konnte oder mit der Tür.

»Was ist nur los mit dir?«, fragte er. »Warum benimmst du dich so komisch?«

Auch das hat seine Gründe, erwiderte der Kater geheimnisvoll.

»Über die du ebenfalls nicht reden kannst«, vermutete Mike.

Stimmt, sagte Astaroth.

Mike sog hörbar die Luft ein. Er streckte die Hand nach Astaroth aus und für eine Sekunde musste er sich mit aller Kraft beherrschen, den Kater nicht einfach zu nehmen und ihn zu schütteln. Er unterdrückte den Impuls mühsam, aber er fuhr fort: »Das reicht mir nicht. Wenn du willst, dass ich dein Spiel mitspiele und meine Freunde belüge, dann musst du mir schon ein paar bessere Gründe dafür nennen.«

Das werde ich, antwortete Astaroth, *aber jetzt nicht.*
»Und wann?«
Sobald alles vorbei ist.
»Vielen Dank für diese präzise Auskunft«, murmelte Mike. »Es hat etwas mit Argos zu tun, richtig? Sie sind seinetwegen hier. Sind sie hinter ihm her?«
Ja, gestand Astaroth. *Aber warum und wer sie geschickt hat, das darf ich dir nicht sagen.*
»Ich dachte, wir wären Freunde«, sagte Mike vorwurfsvoll.
Bis jetzt sind wir das auch noch, erwiderte Astaroth. *Und wenn du möchtest, dass es dabei bleibt, dann hör auf zu viele Fragen zu stellen!*
»Ich frage mich ja nur, auf wessen Seite du stehst.«
Das ist zum Beispiel eine von den Fragen, die du nicht stellen solltest, sagte Astaroth.
»Warum? Nur weil er aus Atlantis stammt und –«
Er stammt nicht nur aus Atlantis, unterbrach ihn Astaroth. *Er war der Herrscher von Atlantis. Er hat mich dazu ausersehen, auf seine Tochter aufzupassen, und streng genommen gehört ihm dieses Schiff.*
»Und jetzt will er es wiederhaben«, vermutete Mike.
Wenn er das wollte, hätte er es euch schon längst weggenommen, erwiderte Astaroth. *Nein, keine Angst. Er will weder euer kostbares Schiff noch will er dir Serena wegnehmen.*
»Warum ist er dann hier?«
Weil sich eure Wege zufällig gekreuzt haben, sagte der Kater. *muss ich dich wirklich daran erinnern, dass ihr ihn verfolgt habt und nicht umgekehrt?*

Er begann leise zu schnarchen, fuhr aber trotzdem fort: *Und dass er es war, der sein Leben riskiert hat um euch zu retten?*

Mike blickte den Kater verblüfft an. Astaroth hatte den Kopf auf die Pfoten gelegt, das Auge geschlossen und schnarchte hörbar. Er schlief, daran bestand gar kein Zweifel. Und trotzdem fuhr seine lautlose Stimme in Mikes Kopf fort:

Es ist natürlich deine Entscheidung. Ich will dich nicht zu etwas überreden, was du nicht wirklich möchtest. Aber wenn ich du wäre, dann würde ich aufhören, ihn mit meinem Misstrauen zu verfolgen, und mir stattdessen überlegen, wie wir alle gemeinsam aus dieser Lage wieder herauskommen.

Irgendetwas stimmte hier nicht. Astaroth war schon für so manche Überraschung gut gewesen, aber dass er im Schlaf redete und dass er auf Fragen antwortete, das konnte Mike nun doch nicht glauben. Er machte einen halben Schritt auf den Kater zu, blieb wieder stehen und sagte:

»Und was hat es mit all diesen Haifischen auf sich? Es ist doch bestimmt kein Zufall, dass sie ausgerechnet jetzt in unserer Nähe auftauchen?«

Nein, erwiderte Astaroth. *Aber auch das gehört zu den Dingen, über die du dir besser nicht den Kopf –*

Mike hörte jedoch gar nicht mehr zu. Während Astaroth antwortete, hatte er sich auf Zehenspitzen der Tür genähert und jetzt riss er sie auf, stürmte auf den Gang hinaus –

und wäre um ein Haar gegen Argos geprallt, der hoch aufgerichtet und reglos unmittelbar vor der Tür stand.

Das Gesicht des Atlanters war starr. Seine Augen waren geöffnet, aber Mike war sicher, dass er ihn im ersten Moment gar nicht zur Kenntnis nahm. Er schien konzentriert einen Punkt irgendwo im Nichts anzustarren und auch seine ganze Haltung war verspannt. Es dauerte nur eine halbe Sekunde. Als er Mikes Schritte hörte, erwachte er aus seiner seltsamen Trance, blinzelte und zauberte dann ein beinahe überzeugend wirkendes Lächeln auf sein Gesicht.

»Hallo, Mike«, sagte er. »Ich wollte gerade zu dir kommen, um –«

»So ist das also«, sagte Mike. Plötzlich war ihm alles klar. Von einer Sekunde auf die andere ergab Astaroths seltsames Verhalten einen Sinn, auch wenn er so schrecklich war, dass er sich im ersten Moment weigerte, es zu glauben.

»Aber Sie waren doch schon bei mir«, sagte er.

Argos legte perfekt gespielt die Stirn in Falten. »Wie meinst du das?«

»Versuchen Sie nicht mich für dumm zu verkaufen«, erwiderte Mike scharf. Er machte eine Geste über die Schulter zurück. »Dort drinnen. Das war nicht Astaroth, der mit mir gesprochen hat, nicht wahr? Das waren Sie!«

»Ich? Aber wie kommst du denn darauf?«

»Hören Sie auf!«, sagte Mike wütend. »Wie lange geht das schon so? Erst seit heute oder habe ich schon seit zwei Wochen mit Ihnen gesprochen, wenn ich dachte, ich rede mit Astaroth? Und was haben Sie mit ihm gemacht?!«

Argos spielte weiter den Unwissenden, aber es wirkte jetzt nicht mehr überzeugend. Bevor er jedoch antworten konnte, ging die Tür einer der anderen Kabinen auf und ein ziemlich verschlafener Trautman streckte den Kopf heraus.

»Was ist denn hier los?«, murmelte er. »Mike?«

Er kam ganz auf den Flur heraus und schien erst in diesem Moment zu bemerken, dass Mike nicht allein war, und blickte stirnrunzelnd von Argos zu ihm und wieder zurück. »Was geht hier vor?«

»Mike und ich hatten eine kleine Meinungsverschiedenheit«, sagte Argos lächelnd. »Aber ich glaube, sie ist beigelegt.«

»Wissen Sie, was er getan hat?«, fragte Mike erregt. Er deutete anklagend auf den Atlanter. »Er hat Astaroth beeinflusst. Und euch alle auch.«

Du solltest das nicht versuchen, sagte eine Stimme in seinem Kopf. Vor einer Minute hätte er sie noch für die Astaroths gehalten, nun aber wusste er, dass es niemand anders als Argos war, mit dem er redete. Verblüfft fragte er sich, wie er nur so dumm hatte sein können. Sie alle wussten doch, dass die alten Atlanter – zumindest einige von ihnen – über geistige Kräfte verfügt hatten, die einem normalen Menschen wie pure Zauberei vorgekommen wären. Auch Serena hatte diese Kräfte gehabt, sie aber dann abgegeben. Wieso aber war keinem von ihnen auch nur der *Verdacht* gekommen, dass Argos über dieselben unheimlichen Zauberkräfte verfügte? Schließlich war er ihr Vater.

Nun öffneten sich nacheinander auch die anderen Türen und Singh, Ben und Serena traten auf den Gang heraus. Einzig Juan und Chris schienen von dem Streit nichts mitbekommen zu haben.

»Also, jetzt mal langsam«, sagte Trautman. Er unterdrückte ein Gähnen, blinzelte und fragte: »Was genau meinst du damit: Er hat Astaroth beeinflusst und uns andere auch?«

»Aber versteht ihr es denn nicht?«, fragte Mike erregt. »Er hat uns die ganze Zeit manipuliert!«

»Aber warum sollte ich so etwas tun?«, fragte Argos laut.

»Das weiß ich nicht«, erwiderte Mike zornig. Mit erhobener Stimme und an die anderen gewandt fuhr er fort: »Überlegt doch einmal selbst! Wir wissen überhaupt nichts über diesen Mann. Wir kennen seinen Namen und wir wissen, dass er von sich behauptet, Serenas Vater zu sein. Er hat uns gesagt, er stamme aus Atlantis und er wäre der König dieses Volkes. Überlegt doch mal! Wir sind jetzt seit zwei Wochen zusammen, aber außer seinem Namen und zwei oder drei Brocken, die er uns hingeworfen hat, wissen wir gar nichts von ihm. Er hat nichts erzählt! Weder von sich noch von seinem Leben in Atlantis, noch wo er all die Jahre über gewesen ist und wieso er ausgerechnet hier und jetzt wieder auftaucht.«

»Stimmt doch gar nicht«, protestierte Serena. »Du bist nur eifersüchtig, das ist alles. Wir haben jeden Tag stundenlang miteinander gesprochen. Das solltest du doch am besten wissen!«

»Ja – *er* hat Fragen gestellt und *wir* haben geantwortet«, sagte Mike aufgebracht. »Er selbst hat nichts gesagt.« Er trat herausfordernd einen Schritt auf Argos zu. »Wenn Sie wirklich der sind, der Sie zu sein behaupten, Argos, dann verraten Sie uns, wo Sie gewesen sind. Atlantis ist vor zehntausend Jahren untergegangen. Ich glaube nicht, dass Sie so alt sind. Wir wissen, wie Serena diese Zeit überstanden hat, aber wie haben Sie es geschafft? Ich finde, für einen Zehntausendjährigen sehen Sie verdammt gut aus.«

»Hör sofort auf«, sagte Serena wütend. »Wenn du –«

Ihr Vater unterbrach sie mit einer besänftigenden Geste. »Lass ihn«, sagte er. »Er hat ja Recht.«

Serena sah ihn verwirrt an und auch Trautman und Singh wirkten überrascht. Argos fuhr fort: »Ich habe mich wirklich sonderbar benommen, das gebe ich zu. Dein junger Freund ist ein aufmerksamer Beobachter. Du darfst ihm nicht böse sein. Er macht sich einfach Sorgen um dich und eure Freunde, das ist alles.«

»Habe ich Grund dazu?«, wollte Mike wissen.

Argos überging die Frage. »Es gibt in der Tat einige Dinge, die ich euch verschwiegen habe«, sagte er. »Aber das habe ich nicht getan, um euch zu hintergehen.«

»Warum sonst?«, fragte Trautman.

»Um Sie und die anderen nicht in Gefahr zu bringen«, sagte Argos. »Ich fürchte, ich habe es vielleicht gerade dadurch getan, dass ich Sie im Ungewissen gelassen habe, und es tut mir sehr Leid. Aber ich dachte, ich könnte ...« Er suchte nach Worten, zuckte mit den Schultern. »... mein Problem lösen, ohne Sie und Ihre Freunde noch tiefer mit in die Geschichte hineinzuziehen.«

»Ich schätze, sehr viel tiefer geht es nicht«, sagte Trautman übellaunig. »Wenn wir in Gefahr sind, dann wüsste ich gerne, warum und vor wem wir uns fürchten müssen.«

»Die Männer von dem SCHWARZEN SCHIFF«, antwortete Argos. »Sie verfolgen mich seit Jahren. Nachdem ich auf der Insel gestrandet war, dachte ich, sie hätten meine Spur verloren, aber Sie wissen ja selbst, was danach geschah. Und ich fürchte, sie werden auch nicht aufgeben.«

»Wer sind sie?«, wollte Mike wissen.

»Das spielt keine Rolle«, erwiderte Argos. »Es wäre zu kompliziert, das jetzt zu erklären. Wichtig ist, wer sie geschickt hat. Es ist eine Macht, die nichts mit euch zu schaffen hat. Sie wollen nur mich.«

»Warum?«, fragte Mike.

»Weil ich etwas getan habe, wofür sie mich zur Rechenschaft ziehen wollen«, erwiderte Argos mit ungewohnter Offenheit. »Euch das zu erklären würde zu lange dauern und es spielt auch keine Rolle. Sie verfolgen mich und die anderen seit Jahren.«

»Die anderen?« Serena löste sich überrascht aus seinen Armen, trat einen halben Schritt zurück und sah ihrem Vater fassungslos ins Gesicht. »Soll das heißen, es gibt noch mehr von uns?«

Argos machte ein trauriges Gesicht. »Ich fürchte, nein«, sagte er. »Wir waren zu acht, aber ich glaube, ich bin der letzte.«

»Was ist mit den anderen geschehen?«, wollte Serena wissen.

»Ihr habt sie gesehen«, sagte Argos. Er deutete auf Mike. »Ich rede von den Männern an Bord des gesunkenen Schiffes, das ihr gefunden habt.«

»Sie meinen das deutsche Spionageschiff?«, fragte Ben.

Argos lächelte, wurde aber sofort wieder ernst. »Wenn du es so ausdrücken möchtest. Aber sie waren so wenig Spione für das deutsche Kaiserreich, wie ich es bin.«

»Sie haben diese Rolle nur gespielt«, vermutete Trautman.

»Ja. Wir leben seit vielen Jahren unerkannt unter den Menschen. Wir haben immer gehofft, dass wir nicht die Einzigen sind, und wir haben immer nach anderen Überlebenden von

Atlantis gesucht, aber niemals welche gefunden.« Er sah seine Tochter an. »Du bist die erste, die ich getroffen habe. Als wir auf das Sternenschiff stießen, da hofften wir, mit seiner Hilfe unsere Suche fortsetzen zu können, stattdessen hat es ihnen allen den Tod gebracht.«

»Hat es das?«, fragte Trautman. »Es könnte sein, dass sie noch leben, wissen Sie?«

»Wieso?«, erwiderte Argos verblüfft.

»Erinnern Sie sich, was Sie uns selbst über die Versteinerung erzählt haben?«, antwortete Trautman in nachdenklichem Tonfall. Mike sah ihn aufmerksam an. Er hatte eine ungefähre Ahnung, worauf Trautman hinauswollte, aber es gefiel ihm nicht. Die ganze Situation gefiel ihm nicht. Das Gespräch entwickelte sich längst nicht so, wie es sollte. Er hatte Argos mehr oder weniger enttarnt und im Grunde sollten sie alle – nicht nur er – zu Recht empört und wütend darüber sein, dass ihnen der Atlanter die ganze Zeit über etwas vorgemacht hatte. Stattdessen hatte er das Gefühl, dass nicht nur Trautman mittlerweile schon wieder fast so etwas wie Sympathie für Argos empfand.

»Wenn die Versteinerung wirklich die Methode der Außerirdischen ist, ihre Körper vor den schädlichen Einflüssen des Weltraums zu beschützen, dann müsste sie auch unter Wasser funktionieren«, fuhr Trautman fort. »Ich selbst habe die Männer nicht gesehen, aber nach allem, was mir Mike und Singh erzählt haben, waren sie nicht verletzt.«

Argos wandte sich an Mike: »Ist das wahr?«

»Unsinn«, antwortete Mike. Auch wenn er spürte, dass er selbst nicht ganz von dem überzeugt war, was er da sagte. »Sie sind tot. Und wenn sie es noch nicht waren, als wir sie gefunden haben, sind sie es jetzt.«

»Wieso?«

»Weil das Schiff weiter gesunken ist«, antwortete Mike. »Habt ihr vergessen, was passiert ist? Das Wrack ist von der Klippe gerutscht. Keiner von uns weiß, wie tief es jetzt liegt. Vielleicht vier- oder fünftausend Meter, das hält keiner aus, egal iin welchem Zustand.«

»Das ist nicht gesagt«, antwortete Argos. »Wenn sie wirklich versteinert waren, Mike, dann könnten sie noch am Leben sein. Und ich weiß, wie man sie wieder erweckt.« Er wandte sich mit einem fragenden Blick an Trautman: »Glauben Sie, dass Sie die Stelle wieder finden?«

Trautman nickte. »Sicherlich. Es ist nicht einmal besonders weit von hier. Aber Mike hat Recht«, fuhr er in leicht verändertem Tonfall fort, als Argos etwas sagen wollte. »Das Meer ist an dieser Stelle sehr tief. Selbst wenn wir das Schiff wieder finden, weiß ich nicht, ob wir so tief hinunterkommen und ob Ihre Kameraden überhaupt noch am Leben sind. Der Wasserdruck in dieser Tiefe ist unglaublich hoch.«

Argos schüttelte den Kopf. Plötzlich wirkte er sehr aufgeregt. »Das spielt keine Rolle«, sagte er. »Glauben Sie mir, ich weiß genug über diesen seltsamen Zustand der Versteinerung. Einem Körper, der sich darin befindet, kann so gut wie nichts zustoßen.«

»Aber wir haben doch nicht einmal eine Chance, sie zu finden«, sagte Mike, doch Argos ließ auch dieses Argument nicht gelten.

»Ich werde euch helfen«, sagte er. »Wenn wir in ihrer Nähe sind, dann werde ich sie finden.«

»Und wie?«, wollte Ben wissen. Auch seine Stimme klang misstrauisch, aber für Mikes Geschmack nicht annähernd misstrauisch genug. Was um alles in der Welt ging hier vor? War er denn der Einzige, der begriff, welches Spiel Argos spielte – obwohl er es ihnen allen gerade erst gesagt hatte?

»Ich habe so meine Möglichkeiten«, antwortete Argos ausweichend. Er sah Trautman an, wartete offensichtlich darauf, dass dieser irgendetwas sagte, und wirkte leicht enttäuscht, als es nicht geschah. »Ich mache Ihnen einen Vorschlag«, sagte er schließlich.

»So?«, fragte Mike. »Da bin ich aber mal gespannt.«

Argos ignorierte ihn. Er sprach weiter, an Trautman gewandt, so wie er Trautman stets als Kapitän und Anführer der kleinen Gruppe behandelt hatte, obwohl er das ganz und gar nicht war. »Ich kenne einen Ort, an dem die NAUTILUS repariert werden kann«, sagte er. »Wenn Sie mich zu meinen Kameraden bringen und wir sie finden, dann führe ich Sie dorthin. Ich verspreche Ihnen, dass die NAUTILUS hinterher in besserem Zustand ist als zuvor.«

Trautman wollte antworten, doch Mike kam ihm zuvor: »Und wenn nicht? Dann verraten Sie es uns nicht und wir können auf den Tag warten, an dem sie auseinander bricht? Mir kommt das wie Erpressung vor!«

Argos ließ sich nicht aus der Ruhe bringen. Mike hatte seine Worte mit Bedacht gewählt um ihn zu reizen, aber es funktionierte nicht. Argos lächelte nur traurig und sagte: »Natürlich nicht.«

»Warum haben Sie uns dann nicht schon lange davon erzählt?«, wollte auch Ben wissen. »Es wäre bequemer, die NAUTILUS in einem Dock reparieren zu lassen, statt vierzig Meter unter der Wasseroberfläche, und so nebenbei auch nicht ganz so gefährlich.«

»Weil es keinen Sinn gehabt hätte«, antwortete Argos. »Ich weiß, dass es diesen Ort gibt, aber ich war niemals da. Ich weiß nicht einmal genau, wo er ist. Aber einer der Männer an Bord des gesunkenen Schiffes stammt von dort. Wenn es uns gelingt, sie zu retten, wird er uns hinbringen.«

»Ist das jetzt wieder eine neue Geschichte?«, schnappte Mike. Argos reagierte auch darauf nicht, aber Trautman schenkte ihm einen bösen Blick und wandte sich schließlich an den Atlanter:

»Ich werde darüber nachdenken«, sagte er. »Die Entscheidung muss nicht jetzt fallen. Wir brauchen ohnehin mindestens noch zwei Tage, um die NAUTILUS so weit zu reparieren, dass wir überhaupt auftauchen können. Wir werden Ihren Vorschlag diskutieren und darüber abstimmen.«

Man konnte Argos deutlich ansehen, dass ihm das nicht gefiel. Er hatte sich wohl eine sofortige Entscheidung erhofft, doch er widersprach nicht und versuchte auch nicht mehr Trautman oder die anderen zu überzeugen, sondern nickte nur. »Das kann ich verstehen«, sagte er. »Aber bitte bedenken Sie eines: Es geht jetzt nicht mehr nur um mich. Wir waren zu acht an Bord des Schiffes. Die sieben anderen könnten noch leben.«

»Wir werden es in Betracht ziehen«, versprach Trautman. »Aber jetzt sollten wir alle wieder in unsere Kabinen gehen und schlafen. Wir haben eine anstrengende Zeit hinter uns und eine vielleicht noch anstrengendere vor uns.«

Mike sah ihn fast fassungslos an. War das alles? Was war mit den Männern auf dem SCHWARZEN SCHIFF, die sie verfolgten? Mit den geheimnisvollen Wesen, die er gesehen hatte? Mit den Haien, die das Schiff umgaben wie ein Rudel hungriger Wölfe ein verletztes Beutetier? Mit dem, was Argos mit Astaroth getan hatte?

Argos sah ihn an, als hätte er seine Gedanken gelesen. Und es war seltsam: Plötzlich konnte Mike nichts von alledem, was ihm auf der Zunge lag, laut aussprechen. Es war nicht so, dass er es vergessen hätte oder dass Argos ihn irgendwie daran hinderte, es zu tun, aber was er in den Augen des Atlanters las, das war eine stumme Bitte, die Angst um das Leben seiner Freunde und der fast verzweifelte Wunsch, dass Mike nichts unternehmen oder sagen mochte, das in irgendeiner Form dazu führte, dass sie nicht gerettet wurden.

Also gut, dachte Mike. *Wenn Sie wirklich meine Gedanken lesen können, mache ich Ihnen einen Vorschlag: Ich werde nichts sagen oder tun. Ich werde nicht einmal eine Frage stellen, bis wir Ihre Freunde gerettet haben. Aber danach erzählen Sie uns die ganze Wahrheit. Und noch etwas – was haben Sie mit Astaroth gemacht?*

Dein kleiner Freund wird sich erholen, keine Angst, antwortete Argos. *Ich musste seine Kräfte für eine Weile blockieren. Es ist nichts auf Dauer. In ein paar Tagen ist er wieder ganz der Alte, das verspreche ich dir.*

Mike sagte nichts dazu. Er sah Argos nicht mehr an, sondern

drehte sich mit einem Ruck um und ging in seine Kabine zurück. Aber sosehr er es normalerweise hasste, wenn jemand in seinen Gedanken herumschnüffelte, für einen Moment hoffte er sogar, dass Argos in diesem Moment seine Gedanken las, weil er dann wusste, was ihm passieren würde, wenn er nicht Wort hielte und Astaroth nicht wieder zu dem würde, was er einmal gewesen war.

Er erwachte am nächsten Morgen mit hämmernden Kopfschmerzen, einem schlechten Geschmack im Mund, einem Gefühl wie Blei in allen Gliedern und der verschwommenen Erinnerung an einen völlig absurden Albtraum, den er gehabt hatte. Es war dunkel in der Kabine. Die Luft roch so muffig, dass ihm davon fast schon wieder übel wurde, und Astaroth hatte sich auf seiner Brust zusammengerollt, schnarchte und nahm ihm mit seinem Gewicht fast den Atem.

Mike richtete sich in eine halb sitzende Position auf, scheuchte den Kater mit einer Handbewegung davon und massierte sich die schmerzenden Schläfen. Es war kein Wunder, dass er Kopfschmerzen hatte; alles hier drin war feucht und modrig und er war fast erstaunt, dass er hier überhaupt hatte schlafen können. Da musste man ja Albträume bekommen!

Astaroth maunzte, blickte ihn aus seinem einen Auge vorwurfsvoll an und wandte sich schließlich ab, als klar wurde, dass Mike ihn nicht wieder hinauf in das warme Bett lassen würde. Mike fragte sich ohnehin, wer ihn in seine Kabine gelassen hatte. Er war schon immer der Meinung gewesen, dass Katzen in Betten nichts verloren hatten.

Aber im Augenblick traf das auf ihn wohl auch zu. Obwohl er sich alles andere als ausgeruht oder gar ausgeschlafen fühlte, schwang er die Füße aus dem Bett, schauderte ein wenig, als seine nackten Sohlen den eisigen, feuchten Metallboden berührten, und stand schließlich widerwillig auf. Bruchstücke seines Traumes gingen ihm noch immer durch den Kopf, während er sich flüchtig wusch und anzog. Er konnte sich nicht ganz genau daran erinnern, aber es hatte irgendetwas mit Argos zu tun gehabt und mit Trautman und Serena ... Nein. Es hatte keinen Zweck. Immer wenn er versuchte die Bilder mit Gewalt heraufzubeschwören, schien er eher das Gegenteil zu erreichen.

Er verließ die Kabine, wandte sich nach links und schlurfte in Richtung Salon los. Das Schiff war bereits vom Hämmern und Lärmen der anderen erfüllt, die offensichtlich schon bei der Arbeit waren. Und manchmal glaubte er ein sachtes Zittern zu spüren, das durch den Boden lief; so als versuche die NAUTILUS vom Meeresgrund abzuheben, schaffte es aber nicht.

Wie es aussah, hatte er wirklich sehr lange geschlafen. Als er den Salon erreichte, sah er auf dem großen Kartentisch die Reste des Frühstücks stehen, das die anderen bereits eingenommen hatten. Nur zwei Gedecke waren unberührt. Mike nahm vor einem davon Platz, goss sich eine Tasse mit längst kalt gewordenem Tee ein und überlegte einen Moment, ob er überhaupt frühstücken sollte. Er hatte keinen Hunger und seine Kopfschmerzen wollten nicht besser werden. Andererseits stand ihm wieder ein anstrengender Tag bevor.

Etwas berührte seine Beine. Mike sah an sich hinab und erblickte Astaroth, der mit starr aufgestelltem Schwanz und lautstark maunzend um seine Beine strich und ihn immer wieder mit dem Kopf anstieß.

»Was willst du, alter Mäusefänger?«, fragte er. »Du weißt doch, dass du nicht am Tisch betteln sollst.«

Astaroth miaute herzzerreißend, aber Mike widerstand der Versuchung, die Hand auszustrecken, um ihm eine Scheibe Wurst oder ein Stück Fleisch zuzuwerfen. Wenn er den Kater einmal daran gewöhnte, vom Tisch gefüttert zu werden, würde er in Zukunft nie wieder eine Mahlzeit in aller Ruhe einnehmen können.

»Verschwinde«, sagte er. Als Astaroth nicht sofort darauf reagierte, schob er ihn mit dem Fuß ein Stück weit von sich fort. Astaroth miaute noch lauter, gab es aber dann endlich auf und lief zur Tür.

Der Grund für seinen plötzlichen Sinneswandel war Serena, die in diesem Moment hereinkam und ein erfreutes Gesicht machte, als sie Mike sah. »Oh, hallo, Mike«, sagte sie. »Du bist wach, schön. Ich wollte dich gerade wecken.«

»Das hättest du schon vor einer Stunde tun sollen«, antwortete Mike mit einem bezeichnenden Blick auf den Tisch und das benutzte Frühstücksgeschirr. »Ich glaube, ich habe verschlafen.«

Serena lächelte, bückte sich und nahm Astaroth auf die Arme, bevor sie weitersprach und dabei auf ihn zukam: »Eher zwei«, sagte sie. »Trautman und Singh sind schon das zweite Mal draußen. Sie wollen heute unbedingt mit den Schweißarbeiten fertig werden.«

Mike erschrak. »So lange habe ich geschlafen?«

»Du hattest es auch nötig«, antwortete Serena. Sie setzte sich zu ihm an den Tisch. Astaroth, der es sich auf ihren Armen bequem gemacht hatte, maunzte und miaute immer aufgeregter, sodass Serena ihn gedankenverloren mit der Hand zwischen den Ohren zu kraulen begann. Der Kater beruhigte sich trotzdem nicht.

»Was hat er denn?«, fragte Mike.

Serena hob die Schultern. »Keine Ahnung«, sagte sie. »Vielleicht geht es ihm nicht anders als uns oder gefällt es dir etwa, hier eingesperrt zu sein und nicht hinauszukönnen?«

»Es ist ja nicht mehr für lange«, sagte Mike. »Falls Argos –« Er verbesserte sich: »Falls *dein Vater* Wort hält und uns tatsächlich zu einer Werft bringt, auf der die NAUTILUS überholt werden kann. Wo ist er überhaupt?«

»Ich habe ihn gerade geweckt«, antwortete Serena.

»Dann bin ich nicht der Einzige, der verschlafen hat?«

»Trautman hat uns schärfstens verboten, euch zu wecken«, antwortete Serena ernst. »Ihr beide habt gestern mehr gearbeitet als alle anderen zusammen in einer ganzen Woche. Zwei Stunden Extraruhe habt ihr euch wirklich verdient.«

Mike blickte Serena verwirrt an. Er konnte sich nicht erinnern, gestern mehr als die anderen gearbeitet zu haben, und Argos hatte in den vergangenen beiden Wochen praktisch keinen Finger gerührt. Er hatte –

Etwas wie ein unsichtbarer stählerner Besen fegte durch Mikes Kopf und ließ den Gedanken verschwinden. Eine Sekunde lang wunderte er sich noch über sich selbst, dass er solch einen Unsinn dachte, und in der nächsten Sekunde hatte er selbst das vergessen. Außerdem kam Argos genau in diesem Moment herein und sah tatsächlich sehr müde und abgespannt aus. Seine Schultern hingen schlaff nach vorne, unter seinen Augen befanden sich tiefe, dunkle Ringe und seine Haut wirkte sehr blass. Als er am Tisch Platz nahm und nach der Kaffeekanne griff, zitterten seine Hände ganz leicht. Astaroth fauchte, zeigte dem Atlanter sein Gebiss – und war mit einem Sprung von Serenas Schoß herunter und verschwand aus dem Salon.

Serena sah ihm stirnrunzelnd nach. »Was hat er denn?«

»Ich bin ihm gestern versehentlich auf den Schwanz getreten«, sagte Argos. Auch seine Stimme klang müde. »Wahrscheinlich kann er mir das nicht verzeihen.«

»Er beruhigt sich schon wieder«, sagte Mike. »Katzen sind nicht besonders nachtragend.«

Sie frühstückten eine Weile schweigend, bis Trautman und Singh hereinkamen und sich zu ihnen gesellten. Mike erschrak, als er Trautman erblickte. Er wirkte um zehn Jahre gealtert. Auch seine Haut war blass und auch seine Hände zitterten etwas; trotzdem machte er einen zwar erschöpften, aber durchaus zufriedenen Eindruck.

»Wie geht es mit der Arbeit voran?«, erkundigte sich Argos.

»Gut«, antwortete Trautman. »Singh und ich werden eine Stunde ausruhen und dann wieder nach draußen gehen. Mit ein wenig Glück sind wir heute Abend fertig.« Er drehte den Kopf und sah Mike an. »Du siehst nicht gut aus«, sagte er geradeheraus.

»Ich habe nicht besonders geschlafen«, antwortete Mike. »Ich hatte einen verrückten Traum.« *Einen Traum, in dem Argos und*

Trautman eine wichtige Rolle spielten, ebenso wie der Kater und ein seltsames Wesen – halb Mensch, halb Fisch, das ihm mit Händen zugewinkt hatte, zwischen dessen Fingern sich Schwimmhäute spannten und dessen Gesicht aussah wie das eines Haifisches, der versucht hatte sich in einen Menschen zu verwandeln ...

Er verscheuchte die bizarren Bilder, die aus seinem Unterbewusstsein heraufsteigen wollten. »Außerdem habe ich rasende Kopfschmerzen«, fügte er hinzu. Trautman nickte.

»Die haben wir alle«, sagte er. »Irgendetwas scheint mit der Luftversorgung nicht zu stimmen. Es wird wirklich allmählich Zeit, dass wir auftauchen können.« Er wandte sich an Argos. »Ich möchte Ihnen jetzt auf der Karte die Stelle zeigen, an der der Frachter gesunken ist.«

Argos nickte und Trautman stand auf und ging zum Kartenschrank. Das zusammengerollte Blatt, mit dem er zurückkam, war wie alles hier: halb aufgeweicht, eingerissen und mit großen hässlichen Wasserflecken versehen. Trautman räumte eine Ecke des Tisches frei, breitete die Karte aus und beschwerte die vier Ecken mit leeren Tassen und einer Zuckerdose. Dann senkte er den Finger auf eine Stelle, die ihre jetzige Position markierte.

»Wir sind hier«, sagte er. »Wenigstens ungefähr. Die Insel ist auf der Karte nicht eingezeichnet, deshalb kann ich nur schätzen. Aber das Schiff mit Ihren Freunden liegt genau ...« Sein Finger folgte einer imaginären, in willkürlichem Zickzack über die Karte führenden Linie und verharrte auf einem Punkt, der ebenso wenig vorhanden war wie der, auf den er gerade gedeutet hatte. »... dort. Ich weiß allerdings nicht, in welcher Tiefe.«

»Ungefähr viertausend Meter«, sagte Argos.

Trautman sah ihn überrascht an. »Woher wissen Sie das?«

»Weil ich diese Gegend des Meeres kenne«, erwiderte Argos. »Nach allem, was Sie erzählt haben, kommt nur eine einzige Stelle in Frage. Die Klippe, von der das Wrack geglitten ist, gehört zu einem Unterwasser-Riff. Der Meeresgrund liegt dort fast viertausend Meter unter der Oberfläche.«

»Schaffen wir das?«, fragte Singh besorgt.

»Das Schiff hält es aus«, versicherte Argos. »Es ist für weitaus größere Tiefen gebaut. Und ich habe vollstes Vertrauen in Ihre Fähigkeiten. Wenn jemand das Schiff reparieren kann, dann Trautman und Sie. Aber sie sollten sich jetzt an die Arbeit machen. In ein paar Stunden können wir sicher auftauchen und dann können Sie sich die wohlverdiente Ruhe gönnen.«

Vor Mikes fassungslos aufgerissenen Augen erhoben sich Singh und Trautman ohne den geringsten Widerspruch, drehten sich herum und verließen den Salon – und das, obwohl sie vor nicht einmal zwei Minuten so erschöpft gewesen waren, dass sie kaum noch in der Lage zu sein schienen, aus eigener Kraft zu stehen. Mike blickte ihnen kopfschüttelnd nach, dann drehte er sich wieder zu dem Atlanter herum und blickte direkt in Argos' Augen und im selben Moment, in dem er es tat, sah er natürlich auch ein, dass dieser vollkommen Recht hatte. Die NAUTILUS war eben kein normales Schiff, das mit normalen Maßstäben zu messen war. Sie würde selbst in dem erbärmlichen Zustand, in dem sie sich momentan befand, noch zehnmal tiefer tauchen als jedes andere Unterseeboot auf der Welt. Und Trautman und Singh konnten sich tatsächlich später lange genug ausruhen – wenn sie erst einmal wieder oben an der Wasseroberfläche waren.

»Du solltest dir auch noch ein wenig Ruhe gönnen, Junge«, sagte Argos. »Du siehst wirklich nicht gut aus.«

Als wären diese Worte ein Signal gewesen, wurden Mikes Kopfschmerzen schlagartig schlimmer und er fühlte, wie die Müdigkeit zurückkam, als hätte er die ganze Nacht nicht geschlafen. Er stimmte Argos innerlich zu: Schlechtes Gewissen hin oder her, in dem Zustand, in dem er sich befand, war er für die anderen im Moment keine Hilfe, sondern eine Belastung.

Und trotzdem hinderte ihn irgendetwas, aufzustehen und wieder in seine Kabine zurückzugehen. Er konnte das Gefühl selbst nicht begründen, doch er fürchtete sich fast davor, einzuschlafen. Vielleicht weil er Angst hatte, dann wieder zu träumen. Und auch wenn er sich immer noch nicht genau an seinen Traum erinnerte, so war doch allein das *Gefühl*, das er zurückgelassen hatte, schlimm genug, um keinen Wunsch nach einer Fortsetzung in Mike zu wecken.

»Ich werde schon irgendetwas finden, womit ich mich nützlich machen kann«, sagte er. Als er Serenas Stirnrunzeln bemerkte, fügte er hinzu: »Etwas Leichtes.«

»Gut«, sagte Argos und stand auf. »Ich gehe in den Maschinenraum und sehe nach, ob ich dort etwas tun kann.«

Er schlurfte gebückt zur Tür. Jede seiner Bewegungen drückte Müdigkeit und Erschöpfung aus und Mike fiel abermals auf, wie mitgenommen und ausgezehrt der Atlanter wirkte. Er hatte in den letzten Tagen einfach zu viel gearbeitet. Mike konnte das verstehen. Argos wollte – wie sie alle – möglichst schnell von hier verschwinden, aber er hatte noch einen anderen, vielleicht noch dringenderen Grund: die Sorge um seine Freunde, die in dem Schiffswrack auf dem Meeresboden lagen.

»Du solltest besser auf meinen Vater hören und dich noch ein bisschen hinlegen«, sagte Serena, nachdem Argos sie allein gelassen hatte. Mike schüttelte den Kopf, empfand aber gleichzeitig ein Gefühl von warmer Dankbarkeit, dass sich Serena um ihn sorgte.

»Es ist schon gut«, sagte er. »Ich werde es nicht übertreiben. Keine Angst.«

Sie antwortete nicht, aber ihr Blick machte sehr deutlich, was sie von dieser Behauptung hielt. Nach einigen Sekunden stand sie auf und begann wortlos das benutzte Geschirr abzuräumen. Mike sah ihr ebenso wortlos eine Weile dabei zu, dann erhob auch er sich und verließ den Salon.

Das Hämmern und Klingen wurde lauter, als er auf den Gang hinaustrat. Er ging schneller, lief die Metalltreppe hinunter – und stolperte über ein schwarzes Fellbündel, das auf der untersten Stufe lag und protestierend maunzte. Im letzten Moment streckte Mike die Hand aus und fand am Geländer Halt, sodass er nicht stürzte, aber er schickte Astaroth einen Fluch und einen bösen Blick hinterher, die der Kater mit einem noch zornigeren Fauchen quittierte. Gleichzeitig war er aber auch klug genug, sich hastig ein paar Meter weiter zurückzuziehen.

»Blödes Vieh!«, murmelte Mike. Er holte mit dem Fuß aus, als wollte er nach dem Kater treten, und hielt dann überrascht mitten in der Bewegung inne. Was war nur mit ihm los? Der Kater ging ihm manchmal auf die Nerven – und in letzter Zeit ganz besonders –, aber er hatte ihn niemals geschlagen, geschweige denn *getreten*.

Astaroth sah ebenfalls – so weit das bei einem Tier möglich war – ziemlich verwirrt drein. Mike entschuldigte sich in Gedanken bei dem Kater, konnte gerade noch den Impuls unterdrücken, es auch laut zu tun, und ging kopfschüttelnd weiter. Vielleicht hätte er auf Trautmans Rat hören und sich wieder hinlegen sollen. Seine Kopfschmerzen wurden immer schlimmer und er fühlte sich irgendwie ... unwirklich.

Auch als er Ben, Juan und Chris erreichte, wurde es nicht besser. Die drei waren mit ihrer Arbeit überraschend gut vorangekommen: Vor dem geschlossenen Sicherheitsschott, das die Wassermassen am Eindringen in die NAUTILUS hinderte, befand sich nun eine zweite, nicht besonders ansehnlich aussehende, aber äußerst massive Trennwand aus zentimeterdicken Stahlplatten, die die drei mit stabilen Trägern abgestützt und verschweißt hatten. Wenn man bedachte, wie weit sie gestern mit ihrer Arbeit gewesen waren, dann hatten sie eigentlich allen Grund, stolz zu sein. Sie sahen jedoch einfach nur müde aus.

Ben und Juan unterbrachen ihre Arbeit nicht einmal, als sie ihn hörten, aber Chris warf ihnen einen flüchtigen Blick zu, und als Mike in sein Gesicht sah, erschrak er. Das jüngste Besatzungsmitglied der NAUTILUS sah kreidebleich aus. Unter seinen Augen waren dunkle Ringe und seine Hände zitterten so sehr, dass er kaum die Kraft zu haben schien, die Werkzeuge zu halten, die er den beiden anderen reichte.

Mike verlor kein weiteres Wort, sondern griff ebenfalls mit zu. Sie arbeiteten eine gute Stunde, bis Ben, der der handwerklich

Geschickteste an Bord war, sich endlich mit dem Ergebnis zufrieden gab.

»Gehen wir zurück in den Salon«, schlug Juan müde vor. »Trautman und Singh müssten eigentlich auch bald zurückkommen.« Er warf Mike einen fragenden Blick zu. »Haben sie gesagt, wie weit sie sind?«

Das hatten sie, aber Mike hatte plötzlich Schwierigkeiten, sich an Trautmans Worte zu erinnern. In seinem Kopf ging alles durcheinander. Wo sein Gehirn sein sollte, schien sich nur noch Watte zu befinden, in der sich seine Gedanken verirrten und die Erinnerungen seinem Zugriff entglitten. Er musste sich zwei, drei Augenblicke lang mit aller Macht konzentrieren und dann kam er doch nicht dazu, die Worte auszusprechen. Ein sachtes Zittern lief durch den Boden. Gleichzeitig hörten sie ein dumpfes, rumorendes Dröhnen, das immer lauter und lauter wurde.

Mike riss überrascht die Augen auf und auch Juan und Ben sahen sich erschrocken um. Dabei war das Geräusch nicht einmal besonders beunruhigend: Es war das normale, seit Jahren vertraute Motorengeräusch der NAUTILUS, das den akustischen Herzschlag des Schiffes darstellte. Aber die Maschinen hatten seit Tagen geschwiegen und sie waren dem Maschinenraum so nahe, dass sie die Vibrationen der mächtigen Antriebsaggregate hören konnten.

Und nicht nur das.

Mike fuhr erschrocken herum, als er einen anderen, weit weniger beruhigenden Ton hörte:

Das leise, monotone Plätschern von Wasser.

Auch Ben sog entsetzt die Luft zwischen den Zähnen ein und

hob den Arm. Seine ausgestreckte Hand deutete auf eine Stelle an der Sicherheitswand, die sie gerade montiert hatten. Durch eine der Schweißnähte, die wohl doch nicht so dicht geworden war, wie sie angenommen hatten, sickerte ein dünner, aber beständiger Wasserstrom.

»Aber was ...?«, murmelte Juan.

»Trautman muss völlig den Verstand verloren haben!«, sagte Ben. »Will er uns umbringen? *Raus hier!*«

Er musste seine Aufforderung nicht wiederholen. So schnell es ging, liefen sie die Treppe hinauf und in den Salon. Die NAUTILUS zitterte und ächzte immer stärker und aus dem anfänglich noch halbwegs ruhigen Geräusch der Maschinen wurde ein gequältes Brüllen. Mike hatte das Gefühl, dass das Schiff drauf und dran war, rings um sie herum auseinander zu brechen.

Umso überraschter war er, als sie hintereinander in den Salon stürmten und nicht nur Trautman und Singh an den Kontrollinstrumenten des Schiffes stehen sahen, sondern auch helles Sonnenlicht, das durch das große Seitenfenster hereinströmte.

Die NAUTILUS war aufgetaucht.

Mike blieb abrupt stehen und blinzelte ungläubig abwechselnd das Fenster und Trautman an. Alles in allem hatten sie kaum mehr als drei Minuten gebraucht, um hierher zu kommen. Trotzdem hatte die NAUTILUS in dieser Zeit die Meeresoberfläche erreicht.

»Aber wir ...«, murmelte Juan fassungslos. »Wir sind ...«

»Aufgetaucht«, bestätigte Trautman. »Endlich.«

»Vierzig Meter in *drei Minuten?*«, keuchte Mike.

Trautman sah ihn an, als begriffe er gar nicht, was Mike damit meinte. »Ich dachte, ihr hättet es eilig«, sagte er. »Ich für meinen Teil kann es gar nicht erwarten, endlich wieder frische Luft zu atmen. Du etwa nicht?«

»Aber das ist doch Wahnsinn«, murmelte Juan. »Trautman, was ... was ist bloß in Sie gefahren? Sie hätten uns alle umbringen können!«

»Ach was«, sagte Trautman gut gelaunt und eine Sekunde später fügte eine noch fröhlicher klingende Stimme hinter ihnen hinzu:

»Statt rumzumeckern solltet ihr lieber mitkommen. Wir gehen nach draußen.«

Mike drehte sich herum und erblickte Serena und Argos, die lautlos hinter ihnen aufgetaucht waren. Serena strahlte über das ganze Gesicht, während Argos noch müder aussah als bisher. Genauer gesagt machte er auf Mike den Eindruck, dass er sich nur noch mit äußerster Mühe auf den Beinen hielt.

»Das war bodenlos leichtsinnig!«, pflichtete ihm Ben bei. »Das Schiff hätte in Stücke brechen können. Ganz davon abgesehen, dass wir dort unten in der Falle gesessen hätten, wenn die Wand nicht gehalten hätte!«

»Hat sie aber«, sagte Trautman. »Und Serena hat vollkommen Recht. Lasst uns alle nach oben gehen und ein bisschen Sonnenlicht tanken. Danach sieht die Welt wahrscheinlich schon ganz anders aus.«

Mike war der Letzte, der das Schiff verließ. Er hatte auf dem Weg nach oben nichts mehr gesagt, aber er behielt sowohl Trautman als auch Argos aufmerksam im Auge. Irgendetwas stimmte nicht mit den beiden, dessen war er sich mittlerweile vollkommen sicher.

Dann verbesserte er sich in Gedanken: Etwas stimmte nicht mit *ihnen allen*.

Es war nicht nur das, was Trautman gerade getan hatte. Das Schiff in weniger als drei Minuten vierzig Meter weit aufsteigen zu lassen, war mehr als bodenloser Leichtsinn: Es grenzte an Selbstmord. Aber das war längst nicht alles. Ganz plötzlich und ohne dass er das Gefühl genauer in Worte kleiden konnte, hatte er den Eindruck, dass niemand hier mehr so reagierte, wie er sollte. Ben, Juan, Chris und Serena kletterten hintereinander die kurze Leiter hinab, die auf das Deck der NAUTILUS hinunterführte, und sie bewegten sich langsam und vorsichtig und irgendwie steif – dabei hätten sie eigentlich ausgelassen herumtollen sollen, nach den Tagen, die sie auf dem Meeresgrund festgesessen hatten.

Puppen, dachte er. *Sie bewegen sich wie Puppen, die an Fäden hängen.*

Was für eine verrückte Vorstellung. Und doch ... Etwas war an dieser Vorstellung, was –

Argos hob den Kopf, blickte ihm in die Augen und Mike blinzelte ein paar Mal und fragte sich, woran er gerade eigentlich gedacht hatte. Es hatte irgendetwas mit Puppen zu tun gehabt, aber ...

Nein. Er wusste es nicht mehr. Wahrscheinlich war es nur wieder die Erinnerung an seinen verrückten Traum, die ihn quälte.

Er blickte auf das Meer hinaus und es dauerte nicht lange, bis ihm etwas auffiel.

»Seht mal, da«, sagte er. Seine ausgestreckte Hand deutete nach Norden, aber er hätte ebenso gut in jede beliebige andere Richtung deuten können, denn der Anblick war überall gleich.

Sie waren nicht allein.

Rings um das Schiff herum schnitten Dutzende, wenn nicht Hunderte grauer, dreieckiger Flossen durch die Wasseroberfläche.

Haie.

»Und ich habe gedacht, wir wären die Biester los«, seufzte Trautman. »Was ist bloß in die gefahren?«

»Vielleicht halten sie die NAUTILUS für einen besonders großen Appetithappen«, witzelte Ben.

Niemand lachte. Trautman und Singh hatten ganz absichtlich nicht mehr darüber gesprochen, aber sie alle wussten, dass die Haie die NAUTILUS während der gesamten Zeit, die sie auf dem Unterwasserriff festlag, regelrecht belagert hatten.

»Ich habe nicht die geringste Ahnung«, antwortete Trautman achselzuckend. »Aber ich glaube nicht, dass wir Grund zur Sorge haben. Hätten sie uns angreifen wollen, hätten sie dazu mehr als genug Gelegenheit gehabt.«

»Vergesst die Biester einfach«, sagte Argos. Er sah zum Himmel hinauf. »In einer Stunde wird es dunkel. Ich schlage vor, ihr ruht euch so lange aus und genießt noch das Sonnenlicht. Ich werde inzwischen nach unten gehen und die Pumpen einschalten, damit wir das Wasser aus dem Schiff bekommen. Sobald es dunkel wird, können wir wahrscheinlich losfahren.«

»Ich helfe Ihnen«, sagte Singh. »Wir müssen die Batterien aufladen – und vor allem die Sauerstofftanks füllen.«

Mike hielt das nicht für eine gute Idee. Singh hatte ebenso wie Trautman und Argos mehr und schwerer gearbeitet, als ihm zuzumuten war. Er brauchte dringend ein paar Stunden Ruhe. Welchen Unterschied machte es, ob sie sofort oder in zwei Stunden weiterarbeiteten?

Argos widersprach jedoch nicht, sondern nickte nur und machte sich mit müden Bewegungen daran, die Leiter wieder hinaufzusteigen.

Als er die Hand nach dem Turm ausstreckte um sich hochzuziehen, erschien ein struppiges einäugiges Katzengesicht über dessen Rand und fauchte ihn wütend an. Argos prallte erschrocken zurück und hätte um ein Haar seinen Halt losgelassen und Astaroth setzte ihm nach, holte aus und verpasste ihm einen Krallenhieb, der vier dünne blutige Striemen auf Argos' Wange hinterließ.

Der Atlanter schrie auf, griff sich an das Gesicht und wäre fast von der Leiter gestürzt. Astaroth sprang los, landete mitten in seinem Gesicht und begann mit den Vorderpfoten auf ihn einzuschlagen.

»Astaroth!«, brüllte Mike. »Bist du wahnsinnig?«

Er raste los und kletterte hinter Argos die Leiter hinauf, doch es gelang ihm nicht, an dem Atlanter vorbeizukommen. Argos schrie vor Schmerz und Zorn und warf sich wild hin und her, aber er klammerte sich auch gleichzeitig mit einer Hand eisern an der Leiter fest und versuchte mit der anderen den Kater von sich herunterzuzerren.

»Astaroth, hör auf!«, brüllte Mike.

Er versuchte noch einmal, an Argos vorbeizukommen, schaffte es irgendwie und packte Astaroth mit beiden Händen. Um ein Haar wäre er dabei von der Leiter gefallen.

Aber seine Hilfe gab Argos die Luft, die er brauchte, um den tobsüchtigen Kater endgültig abzuschütteln. Mit einer wütenden Bewegung packte er Astaroth mit beiden Händen, riss ihn hoch in die Luft – und warf ihn in hohem Bogen über Bord! Mikes Herz stockte, als er sah, wie Astaroth fünf oder sechs Meter von der NAUTILUS entfernt ins Wasser stürzte und unterging.

Und für einen kurzen Moment war es ihm, als würde ein unsichtbarer Schleier von seinen Augen gezogen.

Plötzlich wusste er, was hier falsch war. Warum sie sich alle so vollkommen fremd verhielten und was Argos getan hatte.

»Nein!«, keuchte er. »Was haben Sie getan?«

Astaroth tauchte fauchend wieder aus dem Wasser auf und begann mit geschickten Bewegungen auf das Schiff zuzupaddeln, während hinter ihm eine riesige dreieckige Flosse durch die Wellen schnitt.

»Nein!«, schrie Mike. »Nein! Astaroth – *schnell! Schwimm schneller!*«

Astaroth paddelte, was das Zeug hielt. Er entwickelte eine erstaunliche Behändigkeit und er schwamm schneller, als es jeder Mensch gekonnt hätte.

Unglückseligerweise wurde er nicht von einem *Menschen verfolgt* ...

Fast hätte er es geschafft.

Der Kater war vielleicht noch anderthalb oder zwei Meter vom Schiff entfernt, da verschwand die Haifischflosse plötzlich unter Wasser – und kaum eine Sekunde später begann das Meer da, wo Astaroth war, zu schäumen. Mit einem schrillen Kreischen versank der Kater im Wasser. Das Letzte, was Mike sah, war ein gewaltiger dunkler Schatten, der sich rasch und lautlos von der NAUTILUS entfernte.

Langsam drehte er sich zu Argos herum. Er begann am ganzen Leib zu zittern. Argos hatte sich auf den Turm hinaufgezogen. Stöhnend und mit zitternden Fingern betastete er sein Gesicht, das über und über mit Blut bedeckt war. Er hatte Dutzende von Schrammen und Kratzern abbekommen und einige davon sahen nicht unbedingt harmlos aus.

Mike nahm jedoch kaum etwas davon zur Kenntnis. Er war noch immer vollkommen fassungslos und so entsetzt, dass es ihm schwer fiel, überhaupt einen klaren Gedanken zu fassen.

»Was haben Sie getan?«, murmelte er. Und dann schrie er: »*Was haben Sie getan?! Sie Mörder! Sie ... Sie verdammter Mörder!*«

Mit einem einzigen Satz war er neben Argos, hob die Hände und begann mit beiden Fäusten auf ihn einzuschlagen. Er war so wütend, dass er nicht einmal gezielt zuschlug, sondern einfach blindlings drauflosdrosch. Vermutlich hätte er Argos schwer verletzt, wären nicht plötzlich Singh und Ben hinter ihm aufgetaucht, um ihn von seinem Opfer wegzuzerren. Mike brüllte wie von Sinnen weiter und schlug aus Leibeskräften um sich. Schließlich tat Ben das wahrscheinlich Einzige, was in dieser Situation überhaupt Sinn hatte: Er versetzte Mike eine schallende Ohrfeige, die bunte Sterne vor seinen Augen tanzen ließ.

Als er wieder klar sehen konnte, waren auch Trautman und

die anderen auf den Turm heraufgekommen. Serena kniete neben Argos und sah abwechselnd ihn und Mike an. In ihren Augen funkelte blanker Zorn.

»Mike!«, sagte Trautman ungläubig. »Was ist denn in dich gefahren? Bist du verrückt?«

»Er hat Astaroth umgebracht!«, antwortete Mike. Plötzlich war sein Zorn verraucht, von einer Sekunde auf die andere, und stattdessen machte sich ein Gefühl von abgrundtiefer Verzweiflung in ihm breit. »Verstehen Sie doch, Trautman, er hat Astaroth umgebracht!«

»Ich weiß«, antwortete Trautman. Er sah flüchtig auf Argos hinab, schüttelte den Kopf und fügte etwas leiser hinzu: »Das war vielleicht etwas übertrieben, Argos.«

Der Atlanter antwortete nicht, doch Serena fuhr Trautman regelrecht an: »Wenn er es nicht getan hätte, hätte ich es getan! Sehen Sie sich an, wie dieses tollwütige Vieh meinen Vater zugerichtet hat!«

»Er ist tot«, murmelte Mike. Seine Augen füllten sich mit heißen Tränen. »Versteht ihr denn nicht? Astaroth ist tot!«

»He, he, jetzt beruhige dich!«, sagte Ben. »Er hat es bestimmt nicht absichtlich getan. Und außerdem: Es war nur eine Katze.«

»Nur eine Katze?« Mike riss ungläubig die Augen auf. »Ja, ja seid ihr denn alle verrückt geworden? *Begreift ihr denn gar nicht, was hier vorgeht?*«

»Nein«, sagte Ben. »Warum erklärst du es uns nicht?«

»Genau«, fügte Argos hinzu. »Warum erklärst du es uns nicht?«

Mike fuhr mit einer so wütenden Bewegung herum, dass Singh vorsichtshalber wieder zugriff und ihn an den Schultern festhielt. Argos hatte die Hände sinken lassen und sich halb aufgerichtet. Sein Gesicht sah wirklich schrecklich aus und Astaroths Krallen schienen auch sein linkes Auge verletzt zu haben, denn er blinzelte ununterbrochen. »Also?«

Mike wollte antworten. Er wollte ihn anschreien, allen hier erzählen, was Argos getan hatte – aber er konnte es nicht.

Diesmal *spürte* er sogar, was geschah. Irgendetwas in Argos' Augen lähmte ihn. Eine Kraft, der sein Wille nichts entgegenzusetzen hatte. Er konnte nicht sprechen, nicht einmal mehr wirklich denken.

»Ich ... ich war ...«, begann er.

Argos legte den Kopf schräg. »Ja?«

»Ich war nur erschrocken«, sagte Mike. Innerlich schrie er dabei lautlos auf. Er *wollte* das nicht sagen. Das waren nicht seine Worte. Und trotzdem hörte er sich selbst voller Entsetzen weiterreden: »Es tut mir Leid. Ich war nur so erschrocken, als Sie den Kater einfach so den Haien zum Fraß vorgeworfen haben.«

»Aber das war doch keine Absicht«, sagte Argos sanft. Er lächelte unsicher. »Ich gebe zu, ich hätte das nicht tun sollen. Aber mir ging es so wie dir: Ich war ziemlich erschrocken. Außerdem hat mir das Tier wirklich wehgetan. Ich wollte ihn einfach nur loswerden, weißt du? Ich wollte nicht, dass die Haie ihn kriegen.«

»Ich verstehe gar nicht, was in ihn gefahren ist«, sagte Trautman kopfschüttelnd. »Eigentlich war er ein ganz friedliches Tier.«

»Wahrscheinlich hatte er die Tollwut«, grollte Serena. »Und so wie Mike sich benommen hat, schätze ich, dass er sie auch hat. Wir sollten ihn im Auge behalten.«

»Serena!«, sagte Argos streng. »Das ist nicht fair.«

»Was er getan hat, war auch nicht fair«, sagte Serena schnippisch.

»Es tut mir ja auch Leid«, sagte Mike kleinlaut. »Wirklich. Ich ... ich möchte mich entschuldigen.«

»Das brauchst du nicht«, erwiderte Argos mit einem verzeihenden Lächeln. »Ich weiß doch, wie sehr du an dem Tierchen gehangen hast. Weißt du was? Sobald wir den nächsten Hafen anlaufen, kaufe ich dir eine neue Katze, einverstanden?«

Mike nickte zögernd. Argos' Angebot war sehr großzügig.

Und außerdem hatte Ben natürlich vollkommen Recht: Es war nur eine Katze gewesen, nicht mehr. Er verstand gar nicht, was in ihn gefahren war, dass er so die Beherrschung verlor.

»Also gut«, sagte Argos. »Es ist ja nichts passiert. Ich schlage vor, wir gehen wieder an die Arbeit. Wir haben noch viel zu tun, bis es dunkel wird.«

Niemand widersprach.

Seit guten zehn Minuten stand Mike vor dem großen Aussichtsfenster im Salon und blickte aufs Meer hinaus. Sie fuhren nur wenige Meter unter der Wasseroberfläche, in einer Tiefe, in die das Sonnenlicht noch herabkam, sodass der Blick weit in den Ozean hineinreichte. Auf jeden Fall weit genug, um die zahlreichen Schatten zu erkennen, die das Schiff begleiteten. Die NAUTILUS fuhr nicht mit Höchstgeschwindigkeit, aber doch ziemlich schnell. Trotzdem machte es den Haifischen sichtlich keine Mühe, mit ihr mitzuhalten. Warum um alles in der Welt wurde die NAUTILUS von einer ganzen Armee von Haifischen verfolgt?

»Ich gäbe eine Menge darum, die Antwort darauf zu kennen«, sagte Argos hinter ihm. »Aber leider kann ich es dir auch nicht sagen.«

Mike drehte sich überrascht herum. Er konnte sich nicht erinnern, die Frage laut ausgesprochen zu haben. Aber das musste er wohl, denn anderenfalls hätte Argos ja schwerlich darauf antworten können ...

»Redet ihr von den Haien?«, mischte sich Singh ein.

Argos nickte nur, aber Mike sagte: »Ja. Warum?«

»Ich habe den Funk abgehört«, antwortete Singh. »Jeder zweite Schiffskapitän berichtet davon, dass er außergewöhnlich viele Haie gesehen hat.«

»Das hört sich nicht nach einer guten Badesaison an«, witzelte Ben.

Singh blieb ernst. »Anscheinend ist noch niemand angegriffen oder gar getötet worden«, sagte er, »aber die Leute sind trotzdem in heller Aufregung. Irgendetwas stimmt mit diesen Tieren nicht.«

Für den Bruchteil einer Sekunde entstand vor Mikes innerem Auge das Bild eines bizarren Wesens, das wie eine Mischung aus Mensch und Hai aussah und ihm zuzuwinken schien.

Er verscheuchte die Vorstellung und schüttelte den Kopf. Was für ein Unsinn!

»Jedenfalls bedeutet es, dass diese lieben Tierchen nicht nur unseretwegen hier sind«, sagte Ben. »Immerhin etwas.«

Argos fuhr zusammen und sah Ben fast erschrocken an. Er hatte sich zwar sofort wieder in der Gewalt, aber Mike hatte seine Reaktion sehr wohl bemerkt. Aber was an Bens Worten hatte Argos so erschrecken lassen?

Fast ohne sein Zutun löste sich Mikes Blick wieder von den Haifischen und fing die Spiegelung von Argos' Gesicht in der Fensterscheibe auf. Selbst in dieser Verzerrung wirkten die Züge des Atlanters bleich und schlaff. Die Haifische dort draußen waren nicht die einzigen, mit denen etwas nicht stimmte, dachte Mike.

Argos war krank. Er stritt es zwar konsequent ab, wenn ihn einer der anderen darauf ansprach, aber Mike war ziemlich sicher, dass der Atlanter in den vergangen drei Tagen und Nächten kein Auge zugetan hatte. Seine Hände zitterten jetzt ununterbrochen, und wenn er glaubte unbeobachtet zu sein, dann sah man ihm deutlich an, dass er kaum noch die Kraft hatte, sich auf den Beinen zu halten.

»Wollen Sie sich nicht doch ein wenig ausruhen?«, fragte Mike das Bild im Spiegel. »Es ist noch eine Stunde Fahrt, bis wir die Position erreichen, an der das Schiff gesunken ist. Ich verspreche Sie rechtzeitig zu wecken.«

Der Atlanter schüttelte den Kopf. »Es wird schon noch gehen«, sagte er.

»Sie werden Ihren Freunden keine Hilfe sein, wenn Sie total erschöpft sind«, fuhr Mike fort.

»Das wird nicht passieren«, erwiderte Argos unerwartet scharf. »Und jetzt hör bitte auf dir meinen Kopf zu zerbrechen. Ich halte schon noch durch. Sobald wir meine Kameraden aus dem Wrack geholt haben, habe ich Zeit genug, mich auszuruhen.«

Mike funkelte ihn an, aber er schluckte die heftige Antwort hinunter, die ihm auf der Zunge lag. Es wäre nicht das erste Mal in den zurückliegenden Tagen gewesen, dass Argos und er wegen Kleinigkeiten aneinander gerieten, die eigentlich keinen Streit wert waren. Und er hatte keine Lust mehr, noch länger mit Argos in ein und demselben Raum zu sein ...

Auf dem Weg in seine Kabine kam ihm Serena entgegen. Mike lächelte ihr freundlich zu und wollte an ihr vorübergehen, aber sie vertrat ihm den Weg und fragte geradeheraus: »Was ist los mit dir? Du machst ein Gesicht wie sieben Tage Regenwetter.«

»Ist ja vielleicht auch nicht ganz falsch«, antwortete Mike. »Geh einen Schritt vor die Tür und du wirst feststellen, dass es draußen ziemlich nass ist.«

Serena blieb ernst. »Hattest du wieder Streit mit meinem Vater?«, fragte sie.

»Nein«, murmelte Mike. »Ich bin gegangen, bevor es so weit kommen konnte.«

Er ging weiter. Serena setzte dazu an, ihm ein zweites Mal den Weg zu vertreten, aber dann besann sie sich eines Besseren und schloss sich ihm stattdessen an. Mike hatte nichts dagegen. Ganz im Gegenteil: Seit sie die Insel verlassen hatten, war es eigentlich das erste Mal, dass Serena ihm nicht auswich oder schlichtweg keine Zeit für ihn hatte.

»Ich verstehe nicht, warum ihr beiden immer streiten müsst«, sagte sie.

»Ich auch nicht«, erwiderte Mike. »Dabei wäre es doch so einfach. Argos müsste mir einfach nur aus dem Weg gehen.«

Serenas Gesicht verdüsterte sich, aber sie beherrschte sich

und antwortete nicht. Jetzt war Mike auch klar, warum sie sich ihm freiwillig angeschlossen hatte: Sie war nur hier, weil sie mit ihm über ihren Vater reden wollte, nicht weil ihr seine Gesellschaft so angenehm war. Der Gedanke steigerte seinen Zorn auf Argos nur noch.

Sie erreichten Mikes Kabine. Er trat ein, ließ die Tür offen, damit Serena ihm folgen konnte, und ging zu dem in der Wand eingelassenen Schrank, während sie selbst mit untergeschlagenen Beinen auf dem Bett Platz nahm. Gute fünf Minuten lang beschäftigte sich Mike damit, seinen Schrank zu durchsuchen und seine wärmsten Kleider vor sich aufzustapeln. Die Taucheranzüge boten ihnen Schutz vor dem Wasserdruck, aber nicht unbedingt vor der Kälte, die in dieser Wassertiefe herrschte.

»Was tust du da eigentlich?«, fragte Serena nach einer Weile.

»Ich habe keine Lust, zu erfrieren, wenn ich draußen bin«, antwortete er.

»Draußen?« Serena machte ein überraschtes Gesicht. »Vater hat gesagt, dass du nicht nach draußen musst. Singh und er gehen in das Wrack.«

»Oh, entschuldige bitte!«, murmelte Mike gereizt. »Ich hatte ganz vergessen, dass die NAUTILUS ja einen neuen Kapitän hat, der jetzt für unser aller Wohl verantwortlich ist!«

Serena wirkte verletzt, aber zu seiner Überraschung beherrschte sie sich noch immer und sagte nach einer Weile sehr ruhig: »Das ist er in der Tat. Jedenfalls fühlt er sich verantwortlich.«

»Ja, und nicht ganz zu Unrecht«, erwiderte Mike ärgerlich. »Wir wären alle nicht in dieser gefährlichen Situation, wenn er nicht auf seinem hirnrissigen Plan beharren würde, ein halbes Dutzend Tote aus einem Wrack zu bergen, das in viertausend Metern Tiefe auf dem Meeresgrund liegt.«

»Wir wissen nicht, ob sie wirklich tot sind«, antwortete Serena mit einer Ruhe, die ihn wütend machte.

»Unsinn!«, beharrte Mike. »Niemand kann in dieser Wassertiefe überleben, versteinert oder nicht. Er bringt uns alle in Lebensgefahr.«

»Wie kannst du das sagen?«, fragte Serena. »Du weißt genau, dass es nicht wahr ist. Wir haben abgestimmt, ob wir das Risiko eingehen – und du warst auch damit einverstanden, wenn ich dich erinnern darf.«

Mike war so perplex, dass er im ersten Moment nicht einmal antworten konnte, sondern Serena nur mit offenem Mund anstarrte. Es hatte niemals so etwas wie eine Abstimmung gegeben. Das wusste Serena ganz genau. Und selbst wenn, dann hätte er bestimmt nicht *für* dieses Selbstmordunternehmen gestimmt.

»Ich verstehe dich langsam nicht mehr«, sagte er nur noch mühsam beherrscht. »Du verteidigst Argos unter allen Umständen, wie? Selbst wenn du weißt, dass er hundertprozentig im Unrecht ist.«

»Aber das ist er nicht!«, protestierte Serena. »*Du* bist ungerecht. Du feindest ihn bei jeder sich bietenden Gelegenheit an. Weißt du was? Ich glaube, er hatte Recht: Du bist nur eifersüchtig auf ihn, das ist alles.«

Mike blinzelte. »*Wer* hatte Recht?«, fragte er.

»Astaroth«, antwortete Serena. Dann stockte sie, blinzelte

ebenfalls und fuhr sich mit der Hand über die Augen. »Wieso habe ich das gesagt?«

»Keine ... Ahnung«, antwortete Mike stockend. Da war etwas. Irgendeine Wahrheit unter seinen Gedanken. Er konnte sie nicht erfassen, aber es war ein Gefühl, als wäre da etwas, was hinauswollte, etwas Gefangenes und Gebundenes, das mit aller Kraft an seinen Ketten zerrte.

»Da siehst du, wie weit wir schon gekommen sind«, sagte Serena. »Ich fange schon an Unsinn zu reden nur weil wir uns dauernd streiten!«

»Nein, nein«, antwortete Mike hastig. »Das war kein Unsinn. Du hast gesagt: *Astaroth hatte Recht* und das stimmt.«

»Astaroth war eine *Katze*«, erinnerte ihn Serena. »Katzen können nicht reden.«

»Diese vielleicht schon«, murmelte Mike. Er versuchte fast verzweifelt die verriegelte Tür in seinen Gedanken aufzustoßen, und er glaubte auch zu spüren, wie sie sich bewegte.

»Bist du nur wütend auf ihn, weil er den Kater getötet hat?«, fragte Serena plötzlich. »Das war ein Unfall und das weißt du ganz genau.«

Sie stand vom Bett auf, kam auf ihn zu und griff nach seiner Hand. Vielleicht zum allerersten Mal, seit sie sich kannten, war ihm ihre Berührung unangenehm und er zog seine Hand zurück. Serena sagte nichts dazu, aber er konnte ihr deutlich ansehen, wie sehr sie diese kleine Geste verletzte.

»Astaroth«, murmelte er. »Es ... es hat etwas mit Astaroth zu tun.«

Serena seufzte. Ihr Blick spiegelte plötzlich echtes Mitgefühl.

»Ich wusste nicht, dass du so sehr an ihm gehangen hast«, sagte sie.

»Ich?« Mike riss ungläubig die Augen auf. »Ich?! Serena, was ... redest du da? Du hast genauso an ihm gehangen! Er war dein Leibwächter!«

»Mein was?«, wiederholte Serena.

Es fiel Mike immer noch schwer, die verschwommenen Erinnerungen hinter seiner Stirn zu Worten werden zu lassen. Für einen Moment war alles ganz klar gewesen, aber nun begannen sich seine Gedanken wieder zu vernebeln. Nein, das stimmte nicht ganz: *Irgendetwas* begann seine Gedanken zu vernebeln. Er konnte fast körperlich spüren, wie eine unsichtbare Macht von außen nach seinen Erinnerungen griff und sie wieder dorthin zurückdrängte, wo sie seinem bewussten Zugriff entzogen waren.

»Er manipuliert uns«, murmelte er. »Du musst dich dagegen wehren, Serena!«

»Er?« Serena blinzelte und sah ihn verständnislos an. »Wen meinst du?«

»Argos«, murmelte Mike. Die Worte wollten sich weigern über seine Lippen zu kommen. Trotzdem fuhr er schleppend und mühsam fort: »Ich weiß nicht wie, aber er ... er beeinflusst uns. Spürst du das denn nicht?«

»Ich weiß überhaupt nicht, wovon du redest«, sagte Serena.

Bevor Mike antworten konnte, wurde die Tür hinter ihnen aufgerissen und Argos' Stimme sagte in scharfem Ton: »Er redet Unsinn, aber nimm es ihm nicht übel. Er ist einfach überarbeitet. Genau wie wir alle.«

Mike fuhr zornig herum und hob die Fäuste. Aber es war genau, wie er befürchtet hatte: Kaum sah er in Argos' Augen, da wich alle Kraft zuerst aus seinen Gliedern, dann aus seinem Bewusstsein. Es gelang Argos nicht mehr, ihn wieder so vollkommen willenlos zu machen, wie er es die vergangenen beiden Tage über gewesen war – und alle anderen an Bord offensichtlich immer noch waren! –, aber Mike konnte nichts anderes tun, als einfach dazustehen und den Atlanter anzustarren; innerlich vor Wut und hilflosem Zorn brodelnd, aber vollkommen gelähmt.

»Mach dir keine Sorgen um ihn«, fuhr Argos fort, zwar an seine Tochter gewandt, aber ohne Mike auch nur eine Sekunde aus den Augen zu lassen. »Ich kümmere mich um ihn. Warum gehst du nicht in die Kombüse und kochst frischen Kaffee? Ich hätte gerne etwas Heisses zu trinken, bevor ich in den Taucheranzug steige.«

Serena verließ die Kabine ohne ein weiteres Wort – allerdings nicht ohne Mike einen mitleidigen Blick zuzuwerfen. Einen Blick, der seinen Zorn fast zur Raserei steigerte.

»Sie ... Sie ...«, begann er.

Argos hob die Hand um ihn zu unterbrechen: »Streng dich nicht unnötig an, Mike. Es hat sowieso keinen Zweck. Und ich habe nicht vor dir etwas zu tun. Wenn es das ist, was du befürchtest.«

»Nein – Sie wollen uns nur zu Ihren Marionetten machen, ich weiß«, sagte Mike mühsam. »Sie lesen meine Gedanken!«

»Von der ersten Sekunde an«, gestand Argos unumwunden.

»Und seit dieser Zeit beeinflussen Sie uns auch alle schon, wie?«

Argos verneinte. »Ich kann deinen Zorn verstehen, Mike, aber du täuschst dich in mir. Ich bin nicht euer Feind.«

»Und warum dann das alles?«, fauchte Mike. Er versuchte an Argos vorbei zur Tür zu schielen und wog in Gedanken seine Chancen ab, schnell genug hinauszukommen um die anderen zu warnen.

Argos schüttelte den Kopf. »Das schaffst du nicht«, sagte er. »Außerdem würden sie dir nicht glauben. Nicht, wenn ich es nicht will.«

Mike erwiderte nichts. Es hatte offensichtlich wenig Zweck, jemanden hereinlegen zu wollen, der in seinen Gedanken wie in einem offenen Buch lesen konnte.

»Stimmt«, sagte Argos. »Können wir jetzt vernünftig miteinander reden?«

Jetzt, da Mike endlich wieder ganz Herr seines freien Willens und seiner Gedanken war, fiel ihm plötzlich noch deutlicher auf, *wie* müde und erschöpft der Atlanter aussah. In derselben Sekunde fiel ihm auch die Erklärung dafür ein.

»Sie haben in den letzten drei Tagen nicht geschlafen, weil Sie dann die Macht über uns verloren hätten, habe ich Recht?«, fragte er. »Sie müssen sich in jeder Sekunde konzentrieren. Es ist bestimmt nicht leicht, fünf Menschen gleichzeitig zu beherrschen.«

»Das stimmt«, sagte Argos. »Es ist sogar noch viel schwieriger, als du glaubst. Ich war selbst nicht sicher, ob es mir gelingt.«

»Und wie lange glauben Sie, das noch durchhalten zu können?«, fragte Mike böse. »Noch einen Tag? Oder zwei? Irgendwann *müssen* Sie einmal schlafen.«

»Es ist nicht mehr lange nötig«, antwortete Argos. Er seufzte. »Ich weiß, dass du mir nicht glaubst, aber ich habe es nicht gerne getan. Doch ich hatte keine Wahl. Wärt ihr nicht an Bord gekommen, als Serena und ich die Insel verlassen wollten, wäre es nicht nötig gewesen.«

»Glauben Sie wirklich, wir sehen einfach zu, wie Sie uns unser Schiff stehlen?«, schnappte Mike.

»Ich hätte es euch zurückgebracht«, erwiderte Argos – und seltsamerweise fiel es Mike schwer, ihm diese Behauptung nicht zu glauben. »Es tut mir wirklich Leid, Mike. Alles ist schief gegangen. Ich wollte nicht, dass ihr in Gefahr geratet. Aber ich muss es tun, versteh doch. Ich kann meine Kameraden nicht einfach auf dem Meeresgrund zurücklassen. Ich bin für ihr Leben verantwortlich.«

»Und wer sagt Ihnen, dass wir Ihnen nicht freiwillig geholfen hätten?«, fragte Mike.

»Ich kann eure Gedanken lesen, vergiss das nicht«, sagte Argos leise. »Trautman hätte niemals *eure* Leben riskiert, um die meiner Kameraden zu retten. Aber ich verspreche, dass ich euch freigebe, sobald wir die Männer geborgen haben.«

»Und für wie lange?«, fragte Mike zornig. »Bis Sie die NAUTILUS wieder brauchen? Oder Sie eine andere ... *Aufgab*e für uns haben? Ich glaube Ihnen nicht!«

»Das tut mir Leid«, sagte Argos und auch diese Worte klangen ehrlich. »Schade. Ich dachte, ich könnte dich überzeugen, aber ich lese in deinen Gedanken, dass du zu zornig bist. Ich kann dich verstehen. Aber du lässt mir keine Wahl.«

»Als was?«, fragte Mike. »Mich wieder zu hypnotisieren?«

Argos schüttelte den Kopf. »Das wäre zu riskant«, sagte er geradeheraus. »Du hast meinen Kräften schon einmal getrotzt und ich kann nicht riskieren, dass es dir vielleicht im falschen Moment noch einmal gelingt. Du wirst hier bleiben, bis alles vorbei ist.«

»Ich denke nicht daran!«, sagte Mike.

»Auch damit habe ich gerechnet«, sagte Argos. »Du zwingst mich zu drastischen Maßnahmen zu greifen.«

»Und wie sehen die aus?«, wollte Mike wissen.

»Ein uralter atlantischer Zaubertrick«, sagte Argos, »der aber selbst nach all der Zeit immer noch hervorragend funktioniert.« Er griff in die Jackentasche. »Ich habe den Schlüssel zu deiner Kabine, weißt du?«

Argos machte seine Drohung wahr, aber er hielt zugleich auch sein Versprechen: Mike hatte versucht gewaltsam aus der Kabine zu entkommen und der Atlanter hatte ihn trotz des erbärmlichen Zustandes, in dem er sich befand, spielend überwältigt und auf das Bett geworfen. Noch bevor Mike sich wieder hochrappeln und es ein zweites Mal versuchen konnte, hatte Argos die Kabine bereits verlassen, die Tür hinter sich zugezogen und abgeschlossen. Aber er verzichtete auch darauf, Mike wieder in seinen magischen Bann zu schlagen – auch wenn Mike annahm, dass er das weniger aus Freundlichkeit tat als vielmehr, um sich seine Konzentration für die anderen Besatzungsmitglieder aufzuheben.

Seither waren mindestens drei oder vier Stunden vergangen. Mike hatte eine Weile aus Leibeskräften geschrien und mit den Fäusten gegen die Tür getrommelt, aber selbstverständlich war es sinnlos gewesen: Die Tür bestand aus zwei Zentimeter dickem Stahl, der jeden Laut verschluckte und den er ein Jahr lang mit Faustschlägen und Fußtritten hätte bearbeiten können, ohne ihn auch nur anzukratzen.

Schließlich hatte er es aufgegeben und sich zornig und frustriert auf sein Bett gelegt. Wenn wenigstens Astaroth hier gewesen wäre! Dann hätte er ihn gedanklich um Hilfe rufen können und –

Aber Astaroth war nicht hier. Und er würde auch nie wieder hier sein. Die Trauer übermannte Mike mit solch einer Kraft und Plötzlichkeit, dass er die Tränen nicht mehr zurückhalten konnte, das Gesicht in die Kissen vergrub und versuchte mit dem Gefühl eines furchtbaren Verlustes fertig zu werden.

Astaroth war mehr als ein Tier gewesen. Auf seine Art sogar mehr als ein Freund. Abgesehen von Serena war er von allen an Bord sicherlich derjenige gewesen, mit dem Mike am tiefsten verbunden gewesen war. Sie hatten viel mehr geteilt als gemeinsame Erlebnisse und Gespräche. Der Kater war oft Gast in seinen Gedanken gewesen, kannte seine Geheimnisse und Wünsche, und erst jetzt als er nicht mehr da war, da begriff Mike, dass es irgendwie auch andersherum so gewesen sein musste, denn er hatte das Gefühl, dass mit Astaroth auch ein Teil von ihm gestorben war.

Nach einer Weile begannen sich die Maschinengeräusche des Schiffes zu ändern. Die NAUTILUS verlor an Fahrt, stand eine ganze Zeit reglos auf der Stelle und lief dann langsamer weiter. Kurze Zeit darauf nahm Mike ein leises, weit entferntes Knistern und Ächzen wahr und eine kaum spürbare Vibration des Bodens: Das Schiff tauchte.

Mike verbrachte die nächsten zwei oder auch drei Stunden damit, sich in Gedanken auszumalen, was nun im Salon des Schiffes vor sich ging und wie es außerhalb der NAUTILUS aussah. Obwohl ihm allein die Vorstellung einen eisigen Schauer über den Rücken jagte, ließ er doch jede noch so winzige Möglichkeit eines Fehlschlages vor seinem geistigen Auge Revue passieren, denn alles erschien ihm in diesem Moment besser, als weiter an Astaroth zu denken.

Irgendwann während dieser endlosen Stunden, in denen Mike eingesperrt in seiner Kabine lag, musste er wohl eingeschlafen sein, denn das Nächste, was er bewusst wahrnahm, das war eine Hand, die an seiner Schulter rüttelte, und Serenas ungeduldige Stimme:

»Mike! Wach endlich auf.«

Mike öffnete die Augen, fuhr mit einem Ruck hoch und starrte eine Sekunde lang verständnislos in Serenas Gesicht. Die Kabinentür stand offen und die atlantische Prinzessin stand halb über ihn gebeugt da. Sie sah aufgeregt drein und gestikulierte heftig mit beiden Händen.

»Nun hör schon!«, rief sie. »Du hast dich jetzt wirklich lange genug ausgeruht!«

»Ausgeruht …?«, murmelte Mike verschlafen. Er stemmte

sich ganz in die Höhe und versuchte in Serenas Worten irgendeinen Sinn zu erkennen. »Aber ich habe nicht ...«, murmelte er benommen, brach den Satz dann ab und zog es vor, ohne ein weiteres Wort aufzustehen. Serena war wirklich sehr aufgeregt.

»Was ist passiert?«, fragte er.

»Es gibt Schwierigkeiten«, antwortete Serena. »Draußen, beim Wrack.«

»Beim Wrack?« Also hatten sie es gefunden! Zumindest *dieser* Teil ihrer Expedition schien erwartungsgemäß verlaufen zu sein. »Wie lange habe ich geschlafen?«, fragte Mike.

Serena war bereits bei der Tür und drehte sich ungeduldig herum. »Zu lange«, antwortete sie. »Sieben oder acht Stunden ... ich weiß nicht. Komm schon!« Sie gab ihm keine Gelegenheit, eine weitere Frage zu stellen, sondern fuhr herum und verschwand mit weit ausgreifenden Schritten auf dem Gang.

Mike folgte ihr, so schnell er konnte, doch schon bevor sie sich der Tür zum Salon näherten, hörte er aufgeregte Stimmen. Serena war so schnell gelaufen, dass Mike einen kurzen Endspurt einlegen musste, um hinter ihr durch die Tür zu stürmen.

»Was ist los? Was ist passiert?«

Trautman, der hinter dem Kontrollpult stand und aufgeregt mit Ben und Juan diskutierte, hob mit einem Ruck den Kopf und wies dann mit dem ausgestreckten Arm zum Fenster. Als Mikes Blick der Bewegung folgte, stockte ihm der Atem.

Sie hatten den Meeresboden erreicht und im Licht der voll aufgeblendeten starken Scheinwerfer war das Wrack des deutschen Schiffes zu erkennen. Es war tatsächlich in drei unterschiedlich große Stücke zerbrochen, die aber nur wenige Meter voneinander entfernt im Schlick lagen, und ringsum bildeten buchstäblich unzählige verschieden große Trümmerstücke eine bizarre Mondlandschaft, aus der das grelle Scheinwerferlicht alle Farben gelöscht hatte.

Aber das war es nicht, was Mike so erschreckte. Er starrte aus ungläubig aufgerissenen Augen auf die schlanken silbergrauen Geschöpfe, die das zerbrochene Schiffswrack in dichten Schwärmen umgaben. Haie! Es mussten Hunderte sein. Die Tiere schossen wie Pfeile ins Licht der Scheinwerferstrahlen hinein, verschwanden wieder, umkreisten das Wrack, stießen herab, führten Pirouetten auf oder schienen wie lauernde Wölfe fast reglos zu warten. Manchmal näherte sich eines von ihnen der NAUTILUS und einmal schoss ein besonders großes Exemplar so dicht an dem großen Bullauge vorbei, dass Mike instinktiv einen halben Schritt zurückwich. Der allergrößte Teil der Tiere jedoch schien nicht das geringste Interesse an der NAUTILUS zu haben, sondern umkreiste weiter das Wrack.

»Aber was ...«, murmelte Mike fassungslos.

»Sie sind vor zehn Minuten aufgetaucht«, beantwortete Trautman seine gar nicht ausgesprochene Frage. »Ganz plötzlich. Vor einer Sekunde war das Meer noch leer und dann waren sie da.«

Mike trat langsam, mit zitternden Knien und klopfendem Herzen näher an das Bullauge heran.

»Wo ist Argos?«, fragte er.

»Dort drüben, im hinteren Teil.« Serena trat neben ihn und deutete mit zitternder Hand auf das abgebrochene Heck des Schiffes. Ihr Gesicht war totenbleich und ihre Augen waren groß und dunkel vor Furcht. »Zusammen mit Singh«, fuhr sie fort.

»Sie haben die beiden vorderen Trümmerstücke abgesucht und nichts gefunden«, erklärte Trautman vom Steuerpult her. »Aber kaum waren sie im Wrack, da tauchten die Haie auf. Als hätten sie auf uns gewartet.«

»Mach dir keine Sorgen«, antwortete Mike, zu Serena gewandt. »Den beiden kann nichts passieren, solange sie im Schiff bleiben.«

»Aber sieh dir diese Ungeheuer doch an!«, protestierte Serena. »Ein paar davon sind so groß, dass sie selbst in einem Taucheranzug nicht mehr vor ihnen sicher sind.«

»Ja, aber die können nicht ins Schiff«, erwiderte Mike. Er wusste nicht, ob er Recht hatte oder nicht. Er wollte Serena nur beruhigen. Die abgrundtiefe Furcht, die er in ihren Augen las, schnürte ihm die Kehle zusammen. So fuhr er fort: »Und gegen die kleinen Haie bieten die Unterwasseranzüge genügend Schutz.«

»Du sagst es, Mike – solange sie das Wrack nicht verlassen«, sagte Trautman. Er kam mit langsamen Schritten um das Steuerpult herum und trat zwischen Serena und ihn. Dabei legte er die rechte Hand auf Serenas Schulter um sie zu trösten. Aber sie streifte seinen Arm ab und trat einen halben Schritt zur Seite. Trautmans Gesicht verdüsterte sich, doch er sagte nichts dazu, sondern fuhr fort:

»Sie haben noch Sauerstoff für eine halbe Stunde. Und danach *müssen* sie herauskommen.«

»Wir müssen irgendetwas tun«, sagte Serena. »Wir müssen sie verscheuchen.«

»Das ist unmöglich«, sagte Trautman leise.

»Aber warum nicht?!«, fragte Serena. »Das Schiff ist bewaffnet! Und wir könnten –«

»Was?«, unterbrach sie Juan. »Mit Torpedos auf die Haie schießen? Oder in die Taucheranzüge steigen und sie mit Harpunen erlegen?« Er lachte hart. »Wenn es drei oder vier wären oder meinetwegen ein Dutzend ... aber so?«

Mikes Gedanken überschlugen sich. Natürlich hatte Serena Recht: Sie mussten irgendetwas tun, um Argos – und vor allem Singh! – aus dieser Gefahr zu befreien. Aber ein einziger Blick aus dem Fenster zeigte ihm auch, wie sinnlos jede Idee war, die ihm kommen wollte: Es waren Haie der verschiedensten Gattungen und Größe, die das Wrack am Meeresboden umkreisten; einige davon kaum so lang wie sein Arm, andere riesige, sieben oder acht Meter lange Giganten, vor deren Gebissen selbst die Unterwasseranzüge keinen Schutz mehr bieten würden.

»Wir könnten die NAUTILUS ein gutes Stück näher heranbringen«, sagte Trautman leise. »Es ist nicht ganz ungefährlich. Der Meeresboden ist uneben hier und einige dieser Trümmerstücke könnten selbst das Schiff beschädigen, aber ich glaube, ich könnte sie auf zwanzig Meter heranmanövrieren.« Er ging zurück zum Steuerpult und sagte: »Sucht euch einen festen Halt. Es könnte ein bisschen holperig werden.«

Alle, mit Ausnahme Serenas und Mikes, der nicht von ihrer Seite weichen wollte, gehorchten seinem Rat. Juan gesellte sich zu Trautman, um ihm an den Kontrollinstrumenten zu helfen, während sich Ben und Chris mit beiden Händen am Tisch festklammerten. Es vergingen nur wenige Augenblicke, da hob die

NAUTILUS scheinbar schwerelos vom Meeresboden ab und begann ganz langsam weiter auf das Wrack zu zu gleiten.

Hier unten herrschte offenbar eine starke Strömung, denn das Schiff zitterte und bebte ununterbrochen und Mike konnte jetzt auch wieder hören, wie der Rumpf unter dem enormen Wasserdruck ächzte. Mehr als einmal schlug etwas mit einem harten, metallischen Geräusch gegen den Schiffsrumpf; die Laute hallten wie Glockenschläge im Schiff wider und ließen Mike erschauern. Und einmal schrammte etwas mit einem schrecklichen Geräusch unter dem Boden der NAUTILUS entlang: wie eine Messerklinge, die über Glas fuhr. Doch letzten Endes hielt das Schiff auch dieser weiteren Belastungsprobe stand und es gelang Trautman, die NAUTILUS tatsächlich nicht nur bis auf zwanzig, sondern allerhöchstens fünfzehn Meter an das abgebrochene Heck des Wracks heranzubringen, bevor das Unterseeboot wieder auf den Meeresboden hinabsank.

Für etliche Minuten waren sie so gut wie blind, denn ihr Manöver hatte den feinen Schlick vom Meeresboden aufsteigen lassen, der nun wie Nebel im Wasser hing und selbst das Licht der Scheinwerfer verschluckte. Aber in dem unwirklichen graubraunen Schleier, der sich vor dem Fenster ausgebreitet hatte, zuckten immer wieder schlanke silberfarbene und weiße Schatten auf und die Haie kamen der NAUTILUS nun merklich näher als bisher. Etliche von ihnen strichen so dicht am Bullauge entlang, dass Mike direkt in ihre schwarzen unergründlichen Augen sehen konnte.

»Wie lange reicht ihr Sauerstoff noch?«, fragte Ben.

Mike drehte sich nicht vom Fenster weg, als er Trautmans Stimme hörte. »Vielleicht zwanzig Minuten, wahrscheinlich weniger.«

»Und ... was tun wir nun?«, fragte er.

»Ich weiß es nicht«, gestand Trautman.

»Aber wir ... wir können doch nicht einfach dastehen und *nichts* tun!«, flüsterte Serena.

»Das sagt ja auch keiner«, erwiderte Trautman. »Aber wir helfen Singh und deinem Vater nicht, wenn wir einfach blindlings hinausstürmen und selbst dabei umkommen. Noch ist etwas Zeit. Ich bin sicher, dass uns etwas einfällt, wenn wir einen kühlen Kopf bewahren und jetzt nicht in Panik geraten.«

»*Einen kühlen Kopf bewahren?!*« Serenas Stimme kippte fast über. »Sie werden *sterben*! Sie haben die Wahl, zu ersticken oder von diesen Ungeheuern getötet zu werden!«

»Vielleicht könnten wir eine Art Schutz bauen«, schlug Juan vor. »In unseren Laderäumen liegt genug Material. Es sind nur zehn oder fünfzehn Meter. Wenn wir so eine Art Tunnel errichten, durch den wir zu dem Schiff kommen ...«

»Eine gute Idee«, sagte Trautman, »aber dazu fehlt uns die Zeit.«

Juan erwiderte irgendetwas, was Mike schon gar nicht mehr hörte. Serenas letzte Worte hallten hinter seiner Stirn wider. *Sie werden sterben!* Er konnte es nicht zulassen. Astaroth war gestorben, weil er nichts getan hatte um ihm zu helfen, und nun trennten Singh nur mehr fünfzehn oder zwanzig Minuten vom sicheren Tod – wieder würde er dabeistehen und tatenlos zusehen. Nein! Er hatte einmal versagt, als einer seiner Freunde in höchster Not gewesen war, und das würde sich nicht wiederholen! Und wenn es sein eigenes Leben kostete!

Während Serena, Juan, Ben und Trautman weiter miteinander diskutierten, trat er langsam vom Fenster zurück, drehte sich herum und verließ den Salon, ohne dass einer der anderen es auch nur merkte.

Mike überprüfte pedantisch den Sitz seines Unterwasseranzuges, tastete mit den Fingern ein letztes Mal sichernd über die schweren Messingbolzen, die den Helm verriegelten, und nickte dann zufrieden. In einer Wassertiefe wie dieser konnte er sich keine Unachtsamkeiten erlauben. Ein winziger Riss, ein noch so kleiner Spalt – und das Wasser würde mit der Gewalt eines Schwerthiebes in seinen Anzug hineinschießen und ihn auf der Stelle töten.

Unter dem Gewicht der drei Sauerstoffflaschen wankend, streckte er den Arm aus und betätigte den Schalter, der die Pumpen in Gang setzte. Die innere Tür der Schleuse hatte er bereits verriegelt und er hatte auch dafür gesorgt, dass niemand sie von außen öffnen konnte; zumindest nicht schnell genug, um ihn an seinem Vorhaben zu hindern.

Das Wasser schoss sprudelnd in die Kammer. Um Mikes Füße bildeten sich kleine Wirbel, die rasch höher stiegen, seine Waden, die Knie und dann die Hüften erreichten und binnen weniger als einer Minute war die Kammer bis unter die Decke mit eiskaltem Wasser gefüllt. Mike streckte ein zweites Mal die Hand aus, zögerte noch einen letzten Herzschlag lang und drückte dann entschlossen auf den Öffnungsknopf.

Das äußere Schleusentor glitt auf und Mike blinzelte geblendet in das grelle Licht der Scheinwerfer, die den Meeresboden vor der NAUTILUS mehr als taghell erleuchteten. Sein Herz begann zu klopfen, als er sah, wie nahe die Haie waren.

Eine Sekunde lang fragte er sich allen Ernstes, ob er den Verstand verloren hatte. Auch nur einen Schritt dort hinaus zu tun war glatter Selbstmord. Trotzdem tat er es.

Der Meeresgrund war an dieser Stelle so weich, dass bei jedem Schritt unter seinen Füßen eine braungraue Sandwolke emporwirbelte, die fast bis zu seiner Brust stieg. Er hatte das Gefühl, durch zähen Sumpf zu laufen, der sich an seine Beine klammern wollte, und das Gewicht der Sauerstoffflaschen drückte ihn unbarmherzig nach vorne. Er machte drei, vier mühsame Schritte, bei denen er jedes Mal mehr Sand hochwirbelte, und es kam ihm vor, als *entferne* er sich von dem Wrack, statt ihm näher zu kommen.

Wie durch ein Wunder hatten die Haie bisher noch keinerlei Notiz von ihm genommen. Sie umkreisten weiterhin das Wrack. Viele von ihnen kamen ihm dabei so nahe, dass sie mit Flossen oder Rücken über das rostig gewordene Metall streiften. Und tatsächlich versuchten nicht wenige der grauen Killer ins Innere des Schiffes vorzudringen. Allerdings war es so, wie er vermutet hatte: Nur die kleinen, relativ ungefährlichen Tiere waren in der Lage, in das Schiff hineinzuschwimmen. Noch waren Singh und Argos dort drinnen also in Sicherheit.

Mike schleppte sich mühsam weiter. Er begann seine Schritte zu zählen und er hatte noch nicht die Hälfte der Entfernung zum Wrack zurückgelegt, als das geschah, was er insgeheim schon in der ersten Sekunde befürchtet hatte: Die Haie entdeckten ihn.

Ein kleineres, kaum einen halben Meter langes Tier schoss plötzlich auf ihn los und schwenkte erst so dicht vor ihm zur Seite, dass Mike bereits alle Muskeln anspannte, um den erwarteten Anprall abzufangen. Dem ersten Tier folgte ein zweites, größeres, dann ein drittes und viertes; und plötzlich war auch Mike von einer wirbelnden Schar tanzender, das Wasser peitschender Haie umgeben – doch zu seinem großen Erstaunen griff ihn keines der Tiere direkt an.

Mike versuchte den lebendigen Schutzwall, der sich rings um ihn herum aufgetürmt hatte, mit Blicken zu durchdringen. Es gelang ihm. Er sah das Schimmern von Licht auf Metall und setzte seinen Weg in diese Richtung fort.

Schließlich hatte er es geschafft: Unter seinen tastenden Händen war plötzlich Metall. Die Haifische bedrängten ihn immer noch, aber er hatte das Wrack erreicht und dieser Erfolg gab ihm noch einmal neue Kraft.

Er tastete sich weiter, versuchte die Haie davonzuscheuchen, und sah schließlich einen Einstieg vor sich. Mit dem schweren Taucheranzug und der zusätzlichen Last der beiden Flaschen kostete es Mike all seine Kraft, nach dem Rand der Luke zu greifen und sich hinaufzuziehen. Als er es fast geschafft hatte, kam ihm ein grauer Schemen aus dem Schiff entgegengeschossen, traf seine Schulter und warf ihn zurück. Mike stürzte nach hinten, fiel in den Sand und blieb einen Moment hilflos wie eine auf den Rücken gefallene Schildkröte liegen, ehe es ihm irgendwie gelang, sich herumzuwälzen und auf Hände und Knie hochzustemmen.

Er griff ein zweites Mal nach dem Rand der Luke, zog sich mit zusammengebissenen Zähnen und unter Aufbietung aller seiner Kräfte daran empor – und wieder schoss ein Hai heran und rammte ihm die stumpfe Schnauze in die Seite. Diesmal war es einer der großen weißen. Ein mehr als vier Meter langes Exemplar, dessen Aufprall ihn wie ein Hammerschlag traf.

Mike verlor seinen Halt, schrie gellend auf und überschlug sich zweimal, bevor er erneut, aber sehr viel härter auf den Meeresboden krachte. Alles drehte sich um ihn. Als er wieder klar sehen konnte, bot sich ihm ein ganz und gar unglaubliches Bild: Er sah eine Gruppe von vier oder fünf ganz besonders großen Haien direkt auf sich zu schießen. Angeführt wurden sie von einem wahrhaft gigantischen Exemplar, einem Tier von der Größe eines kleinen Schiffes, das Tonnen wiegen musste, sich aber pfeilschnell durch das Wasser bewegte. Das aber war es nicht, was Mike schier an seinem Verstand zweifeln ließ. Es war der schwarze einäugige Kater, der auf dem Rücken des Riesenhaies saß und das Tier mit Fauchen und Krallenbewegungen ganz offensichtlich lenkte!

Mike blinzelte. Der Hai kam mit seinem ungewöhnlichen Reiter näher, glitt kaum auf Armeslänge an ihm vorbei und war dann verschwunden. Mühsam stemmte sich Mike in die Höhe, drehte sich herum und versuchte ihm mit Blicken zu folgen, aber das Tier hatte den Bereich greller Helligkeit, den die Scheinwerfer der NAUTILUS in die ewige Nacht hier unten warfen, bereits verlassen.

Natürlich war das, was er gesehen hatte, vollkommen unmöglich. Astaroth war tot. Er war vor seinen Augen gestorben!

Und selbst wenn nicht, dann würde er wohl kaum in mehr als dreitausend Metern Wassertiefe rittlings auf einem Hai herankommen. Seine überreizten Nerven, seine Furcht und der Schmerz um den Verlust des Katers hatten ihm einen Streich gespielt, das war alles.

Mühsam drehte er sich herum, schleppte sich zum Schiff zurück und versuchte zum dritten Mal nach dem Lukenrand zu greifen. Es gelang ihm, aber seine Kraft reichte nicht mehr aus, sich selbst und das Gewicht der Ausrüstung nach oben zu ziehen.

Plötzlich berührte ihn etwas an der Schulter. Mike senkte den Blick. Sein Herz machte einen erschrockenen Sprung, als er sah, dass sich ihm zwei Haifische von rechts und links gleichzeitig genähert hatten. Ihre stumpfen Schnauzen glitten über seinen Anzug; sicherlich aus keinem anderen Grund als dem, eine passende Stelle zu suchen um zuzubeißen – und dann hoben die Tiere ihn vollkommen mühelos in die Höhe, bugsierten ihn auf die Luke zu und versetzten ihm einen Stoß, der ihn kopfüber in das Innere des Schiffes beförderte!

Mike überschlug sich, prallte gegen eine Wand und schlitterte haltlos die schräge Ebene hinab, die einmal die Seitenwand des Korridors gewesen war. Scharfkantige Trümmerstücke kratzten über seinen Anzug, beschädigten ihn aber wie durch ein Wunder nicht. Und dann bremste irgendetwas sehr unsanft seinen Sturz. Mit klopfendem Herzen richtete Mike sich auf und sah sich um.

Ringsum herrschte vollkommene Dunkelheit. Der Einstieg lag vier oder fünf Meter über ihm – ein vom Licht der Scheinwerfer hell erleuchtetes Rechteck, von dem jedoch nicht genug Helligkeit ausging, um sich auch hier drinnen zu orientieren. Immerhin sah er jedoch, dass er nicht allein war.

Vier oder fünf kleinere Haifische waren mit ihm hereingeschwommen und umkreisten ihn, neugierig oder auch lauernd – das vermochte er nicht zu sagen. Es spielte auch keine Rolle. *Diese* Tiere waren keine Gefahr.

Mike richtete sich weiter auf, suchte mit weit ausgebreiteten Armen nach Halt und tastete über die Wände. Wo waren Singh und Argos?

Das abgebrochene Heck des Schiffes war nicht besonders lang. Acht, vielleicht zehn Meter, sodass von dem Korridor, der einmal der Mittelgang des Schiffes gewesen sein musste, nur drei oder vier Türen abgingen. Die erste, an der er rüttelte, war verschlossen, während sich die zweite so plötzlich bewegte, dass Mike mit einer erschrockenen Bewegung zurückprallte. Er hatte nicht vergessen, was ihm bei seinem ersten Besuch im Schiffswrack um ein Haar zugestoßen wäre.

Dann jedoch sah er einen schwachen Lichtschimmer durch den Spalt einer anderen Tür fallen. Mühsam auf Händen und Knien kriechend, um auf der Schräge nicht wieder das Gleichgewicht zu verlieren und das ganze Stück zurückzurutschen, das er sich gerade erst so mühsam hinaufgekämpft hatte, bewegte er sich darauf zu, öffnete mit einiger Anstrengung die Tür und warf einen Blick in den dahinter liegenden Raum.

Nur ein kurzes Stück hinter der Tür lagen zwei reglose Gestalten in Taucheranzügen. Mike kroch hastig durch die Tür und sprang die zwei Meter zum Boden hinab. So schnell er konnte, bewegte er sich auf die erste Gestalt zu, drehte sie mit einiger Mühe auf den Rücken und sah durch die Sichtscheibe des Helmes. Es war Argos.

Der Atlanter hatte das Bewusstsein verloren. Die Innenseite der Scheibe war beschlagen – ein deutliches Zeichen dafür, wie schlecht die Atemluft in seinen Tanks bereits war, und vielleicht lebte er auch schon gar nicht mehr. Mike verschwendete jedoch keine Zeit darauf, ihn zu untersuchen, sondern bewegte sich hastig weiter, erreichte Singh und streifte mit einer einzigen Bewegung die beiden Flaschen von den Schultern. Mit fliegenden Fingern schraubte er den Atemschlauch von Singhs Sauerstoffflasche, befestigte ihn am Ventil eines der frischen Tanks und drehte es auf. Erst dann kniete er neben Singh nieder und wälzte ihn mühsam auf den Rücken; mit klopfendem Herzen und fast verrückt vor Angst, einen Blick durch die Helmscheibe zu werfen und feststellen zu müssen, dass er zu spät gekommen war.

Aber er war es nicht. Singh lebte. Er hatte die Augen geschlossen und schien bewusstlos zu sein wie Argos, doch sein Atem ging schnell und stoßweise, und als der frische Sauerstoff zischend in seinen Helm strömte, da konnte Mike sehen, wie er tief und gierig einzuatmen begann. Schon nach wenigen Augenblicken flatterten Singhs Lider und er öffnete die Augen, blinzelte einen Moment lang, dann erkannte er Mike.

»Argos ...«, murmelte er. »Hilf... ihm. Sein Sauerstoff... geht zu Ende.«

In der ersten Sekunde war Mike einfach fassungslos. Selbst jetzt schien Argos' geistiger Einfluss noch weit genug zu reichen, um Singhs ersten Gedanken ihm und nicht sich selbst gelten zu lassen. Trotzdem hatte der Inder natürlich Recht. Mike war nicht hierher gekommen um ihn sterben zu lassen.

So ging er rasch zu Argos hinüber, tauschte auch dessen verbrauchte Sauerstoffflasche gegen eine neue aus und öffnete das Ventil. Danach aber kehrte er sofort wieder zu Singh zurück. Sein ehemaliger Leibwächter hatte sich mittlerweile in eine halb sitzende Position hochgestemmt; der frische Sauerstoff, der nun in seinen Anzug strömte, schien wahre Wunder zu tun. Seine Bewegungen wirkten noch ein bisschen benommen, aber als Mike ihm ins Gesicht sah, da waren seine Augen klar und sein Blick fest.

»Wie kommst du hierher?«, fragte Singh. Bevor Mike antworten konnte, fuhr er kopfschüttelnd fort: »Ich hatte schon mit dem Leben abgeschlossen. Ich dachte, alles wäre aus. Ganz plötzlich waren die Haifische da, unvorstellbar viele.«

»Ich weiß«, antwortete Mike.

»Aber wo sind sie alle hergekommen? Und was wollten sie?«

Mike zuckte nur mit den Schultern, drehte sich aber halb herum und warf einen bezeichnenden Blick auf Argos. Auch der Atlanter hatte sich mittlerweile zu bewegen begonnen, schien aber weitaus größere Schwierigkeiten zu haben als Singh, wieder zu klarem Bewusstsein zurückzufinden.

»Sind sie fort?«, fuhr Singh fort.

Mike sah ihn an. »Die Haie?«

Singh nickte.

Um nicht auf seine Frage antworten zu müssen, stellte Mike eine eigene: »Habt ihr die Männer gefunden?«

»Drei von ihnen«, bestätigte Singh. »Für die anderen besteht wohl keine Hoffnung mehr. Sie müssen aus dem Schiff geschleudert worden sein, als es in Stücke gebrochen ist. Es ist zwecklos, nach ihnen zu suchen.«

»Wo sind sie?«

Singh deutete zur Tür, die sich jetzt über ihren Köpfen befand. »Im Raum gegenüber. Wir werden Werkzeuge und Tragen brauchen, um sie aus dem Schiff zu befreien. Sie sind zu schwer, um sie ohne diese Hilfe zur NAUTILUS zu schaffen.«

»Wir haben das Schiff näher herangebracht«, antwortete Mike. »Es sind nur noch fünfzehn Meter. Ruh dich erst einmal aus und versuche wieder zu Kräften zu kommen.« Er zögerte einen Moment, in dem er sich zu Argos herumdrehte und ihm einen finsteren Blick zuwarf, dann fügte er etwas leiser hinzu: »Danach werde ich dir das eine oder andere über unseren Freund Argos erzählen.«

Singh blickte ihn fragend an, aber Mike ging nicht weiter darauf ein, sondern drehte sich nun vollends zu Argos herum und ging vor ihm in die Hocke, sodass er durch seinen Helm sehen konnte. Argos' Gesicht war noch immer so unnatürlich blass und ausgezehrt wie zuvor. Er atmete schnell und stoßweise und Mike konnte sehen, dass an seinem Hals eine Ader pochte. Der frische Sauerstoff hatte ihn aus der Bewusstlosigkeit geweckt, doch es war deutlich zu erkennen, dass er am Ende seiner Kräfte war.

Als er Mikes Blick spürte, hob er den Kopf und sah ihn ein oder zwei Sekunden lang wortlos an. Dann sagte er ganz leise: »Das wird nicht nötig sein.«

Irgendetwas geschah. Mike konnte fast körperlich spüren, wie sich in seiner Umgebung etwas Unsichtbares, aber sehr Starkes bewegte ... Nein, nicht bewegte. *Verschwand.*

Und kaum eine Sekunde später sog Singh erschrocken die Luft zwischen den Zähnen ein und stieß einen kleinen, überraschten Laut aus. Eine weitere Sekunde darauf sprang er trotz des schweren Taucheranzuges mit einer kraftvollen Bewegung in die Höhe und trat drohend auf Argos zu.

»Das haben Sie getan?!«, fuhr er den Atlanter an.

Argos hob nun wieder den Kopf. »Es tut mir sehr Leid«, sagte er. »Es musste sein. Mir ist klar, dass Sie mir nicht glauben werden, aber ich sage die Wahrheit: Ich hatte keine andere Wahl.«

»Oh, so einfach ist das?«, fauchte Singh. Seine Stimme zitterte. Trotz des Unterwasseranzuges konnte Mike sehen, unter welcher Spannung der Inder plötzlich stand. Er konnte sich nicht erinnern, ihn jemals so wütend erlebt zu haben. »Sie haben uns alle in Lebensgefahr gebracht!« sagte er zornig. »Und nicht nur das. Sie haben –«

»Jetzt nicht, Singh«, sagte Mike. Zum allerersten Mal, seit er den Sikh kannte, war Singh ganz dicht davor, die Beherrschung zu verlieren und etwas zu tun, was er vielleicht später bereuen würde, das spürte Mike ganz genau. Aber noch vor wenigen Stunden war es ihm ja ganz genauso ergangen. »Was ist mit den anderen?«, fragte er in scharfem Ton, an Argos gewandt.

»Sie sind frei«, erwiderte der Atlanter.

»Alle?«, vergewisserte sich Mike.

Argos nickte. Seine Schultern sanken erschöpft nach vorne

und er schloss für einen Moment die Augen. »Meine Kräfte hätten sowieso nicht mehr gereicht, sie lange zu beherrschen«, sagte er. »Es ist sehr mühsam, den freien Willen eines Menschen zu unterdrücken.«

»Und für wie lange?«, fauchte Singh. »Wollen Sie sich nur ein wenig ausruhen, um uns dann erneut zu ... *Marionetten* zu machen?«

Argos schüttelte langsam den Kopf. »Ich habe erreicht, was ich wollte«, antwortete er im Flüsterton. »Ich hoffe, ihr könnt verstehen, warum ich so handeln musste. Aber wenn nicht, dann bin ich bereit die Konsequenzen zu tragen.«

Mike sagte nichts dazu, aber Singh nickte grimmig. »Das werden Sie«, sagte er.

»Das hat Zeit bis später«, sagte Mike rasch. »Jetzt haben wir ein ganz anderes Problem. Wir müssen zurück zur NAUTILUS. Und draußen wimmelt es immer noch von Haifischen!«

Singh sah erschrocken hoch, aber Argos wirkte nicht im Mindesten überrascht; eine Reaktion, die den geheimen Verdacht, den Mike schon eine geraume Weile hegte, noch weiter schürte.

»Haie?«, wiederholte Singh ungläubig. »Aber ich dachte, sie wären fort.«

»Ich fürchte, nein«, erwiderte Mike.

»Aber wie ...?«, Singh machte eine unsichere Handbewegung, »... wie bist du denn hierher gekommen?«

»Sie haben mir nichts getan«, antwortete Mike achselzuckend. Den Zusatz *ganz im Gegenteil* schluckte er im letzten Moment herunter.

»Sie haben dir nichts getan?«, vergewisserte sich Singh ungläubig. »Aber sie ... sie haben sich wie wild gebärdet. Sie sind auf uns losgegangen wie –«

»Bist du da sicher?«, unterbrach ihn Mike. »Ich meine: Bist du sicher, dass sie auf *euch* losgegangen sind?«

Singh sah ihn nur verständnislos an, aber Mike drehte sich wieder zu Argos herum und fuhr an den Atlanter gewandt fort: »Oder sind sie vielleicht nur auf *Sie* losgegangen, Argos?«

Argos sagte nichts dazu.

»So war es doch, nicht wahr?«, fuhr Mike nach einer Sekunde fort. »Diese Haie sind nur Ihretwegen hier, habe ich Recht? Sie waren die ganze Zeit nur *Ihretwegen* in unserer Nähe.«

»Ja«, antwortete Argos.

»Das heißt, Sie haben die ganze Zeit über *gewusst*, was passieren würde?«, empörte sich Singh. »Und Sie haben uns nicht gewarnt?«

Schlimmer noch, dachte Mike. *Er hat uns ganz bewusst in diese Falle hineintappen lassen.* Laut sagte er: »Was wollen diese Biester von Ihnen?«

Er hatte nicht damit gerechnet, aber er bekam eine Antwort: »Mich«, sagte der Atlanter müde. »Sie wollen nur mich. Und meine Kameraden. Ihr braucht euch keine Sorgen zu machen. Ihr seid nicht in Gefahr.«

»Nicht in Gefahr?«, keuchte Mike. Er musste daran denken, wie knapp die NAUTILUS und ihre gesamte Besatzung der vollkommenen Vernichtung entgangen war. »Sie hätten uns warnen müssen!«, fuhr er aufgebracht fort. »Um ein Haar wäre Singh ums Leben gekommen! Hätten wir gewusst, was uns erwartet, so hätten wir vielleicht die richtigen Vorbereitungen treffen können!«

»Ich sagte bereits mehrmals: Ich dachte, wir hätten sie abgeschüttelt«, antwortete Argos eine Spur schärfer als bisher, trotzdem aber immer noch in müdem, resignierendem Ton. Er seufzte. »Ich habe mich wohl geirrt.«

Singh antwortete nicht, aber in seinem Gesicht arbeitete es und Mike spürte, dass die Situation zu eskalieren drohte. Auch Singh war ein äußerst stolzer Mann. Als Angehöriger der indischen Kriegerkaste hätte er sich niemals dem Willen eines anderen gebeugt, es sei denn aus freien Stücken. Schon die Vorstellung, dass Argos ihn während der letzten beiden Tage – und vielleicht schon viel länger! – manipuliert hatte wie eine Marionette, an deren Fäden er zog, musste ihn fast in den Wahnsinn treiben.

»Versuchen wir einen Weg zurück zur NAUTILUS zu finden«, schlug Mike fast hastig vor. Singh brauchte eine Aufgabe, die ihn von seinem Zorn auf Argos ablenkte. »Das dürfte gar nicht so leicht werden. Die Haie werden uns nichts tun, aber ich weiß nicht, wie wir Argos auf das Schiff bekommen sollen.«

»Geht ruhig«, antwortete Argos. »Du hast Recht: Sie werden euch nichts tun, sie wollen nur mich. Wenn ihr mich hier zurücklasst, werden sie euch unbehelligt ziehen lassen.«

»Kommt überhaupt nicht in Frage«, antwortete Mike. »So leicht kommen Sie uns nicht davon. Und außerdem wäre dann alles umsonst gewesen, nicht wahr?«

»Er hat Recht«, sagte Singh. Als Mike antworten wollte, hob er rasch die Hand und fuhr fort: »Ich meine nicht damit, dass wir ihn im Stich lassen sollen. Das würde seinen sicheren Tod bedeuten. Aber wenn es wirklich so ist, wie du sagst, und die Haifische uns nichts tun, dann können wir zur NAUTILUS zurückgehen und versuchen dort eine Lösung zu finden.«

»Der Sauerstoff in seiner Flasche reicht nicht ewig«, gab Mike zu bedenken.

»Eine Stunde ist eine lange Zeit«, erwiderte Singh. »Wir erreichen nichts, wenn wir alle drei hier herumsitzen und warten, bis uns die Luft ausgeht.«

Mike musste sich diesem Argument wohl oder übel beugen. »Also gut«, sagte er schweren Herzens. »Gehen wir zurück. Vielleicht haben Trautman und die anderen ja eine Idee.«

Es war gespenstisch. Die Haifische waren immer noch da und es kam Mike vor, als wären es noch mehr geworden. Die Tiere umkreisten Singh und ihn in dichten, nervösen Schwärmen und wie auf dem Hinweg wurde er ein paar Mal angestoßen und gerempelt. Obwohl er sich verzweifelt einzureden versuchte, dass sie nicht in Gefahr waren, hatte Mike Angst wie niemals zuvor in seinem Leben. Und der Rückweg zur NAUTILUS, der nicht einmal fünf Minuten in Anspruch nahm, schien zu der gleichen Anzahl von Stunden zu werden.

Kaum hatten sie die Schleusentür geschlossen und das Wasser hinausgepumpt, da wurde Mike von einem sehr wütenden Trautman in Empfang genommen, der zwar sehr erleichtert wirkte, aber geschlagene fünf Minuten damit verbrachte, Mike mit Vorhaltungen zu überhäufen und ihm in den düstersten Farben auszumalen, was ihm alles hätte passieren können. Mike sagte kein Wort dazu. Trautman hatte ja Recht und davon ganz abgesehen kannte er ihn gut genug, um zu wissen, dass es im Moment das Klügste war, ihn einfach reden zu lassen und nicht zu widersprechen.

Schließlich war Trautman mit seiner Gardinenpredigt zu Ende und sie gingen zurück in den Salon, wo die anderen bereits auf sie warteten. Ein einziger Blick in ihre Gesichter machte Mike klar, dass Argos Wort gehalten hatte: Sie alle wirkten erleichtert ihn und Singh zu sehen, aber sie sahen zugleich auch zutiefst verstört und beunruhigt aus und offensichtlich kostete es jeden auf seine Weise große Kraft, mit dem Gedanken fertig zu werden, in den vergangenen Tagen nicht mehr Herr seines Willens gewesen zu sein. Er musste niemandem erklären, was geschehen war; so wie auch er selbst vor einigen Stunden schienen die anderen im selben Moment, in dem Argos' Bann von ihnen abfiel, begriffen zu haben, was der Atlanter getan hatte. Nur Serena sah nicht zornig drein, sondern nur ein bisschen irritiert – und immer noch ängstlich.

»Und was sollen wir jetzt tun?«, fragte sie, als Mike mit knappen Worten berichtet hatte, wie es ihm ergangen war und wie es außerhalb der NAUTILUS aussah. »Wir müssen diese Ungeheuer vertreiben.«

»Das ist völlig ausgeschlossen«, erwiderte Trautman.

»Und es ist genauso ausgeschlossen, Argos hierher zu holen«, fügte Mike kopfschüttelnd hinzu. »Auch Singh und ich hätten es kaum zurück zur NAUTILUS geschafft – und dabei haben sie uns nicht einmal angegriffen.«

»Wollt ihr ihn etwa seinem Schicksal überlassen?«, fragte Serena aufgebracht.

»Ich hätte nicht übel Lust dazu«, grollte Ben. »Der Kerl hätte uns um ein Haar alle umgebracht.« Direkt an Serena gewandt und in spöttischem Ton fügte er noch hinzu: »Dich eingeschlossen, Prinzesschen.«

Serena wollte auffahren, aber Trautman erstickte den beginnenden Streit mit einer energischen Handbewegung im Keim. »Genug!«, sagte er. »Ihr habt beide Recht. Wir können ihn nicht zurücklassen, aber er kann auch nicht hierher kommen. Die Haie würden ihn in Stücke reißen.«

»Und wenn wir wirklich eine Art Tunnel bauen?«, schlug Juan vor. »Wir haben genug Material an Bord. Nur so etwas wie ein Gitter, ich habe so etwas schon einmal gesehen. Manche Taucher benutzen große Metallkäfige, um sich vor Haien oder anderen Raubfischen zu schützen.«

»Vor normalen Haien vielleicht«, antwortete Singh. »Glaub mir, Juan: Diese Biester dort draußen würden selbst die dicksten Eisenstangen einfach durchbeißen.« Er schüttelte traurig den Kopf. »Auch ich möchte ihn nicht seinem Schicksal überlassen, ganz gleich wie wütend ich auch bin. Aber ich sehe keinen anderen Ausweg. Solange er im Schiffswrack ist, ist er in Sicherheit, aber sobald er es verlässt, kriegen sie ihn.«

Niemand antwortete. Serena sah schlichtweg entsetzt drein und auch auf den Gesichtern der anderen begann sich ein betroffener Ausdruck breit zu machen. Einzig Trautman wirkte plötzlich sehr nachdenklich und dann sagte er: »Vielleicht ist das die Lösung.«

»Was?«, fragte Mike.

Auch Singh und die anderen blickten verständnislos drein.

»Es ist vielleicht eine verrückte Idee«, murmelte Trautman, aber ... wenn er nicht aus dem Wrack herauskann, dann müssen wir es eben zu uns holen!«

Mike legte den Schweißbrenner aus der Hand und griff mit beiden Händen zu und rüttelte mit aller Kraft an der großen Metallöse, die er im Verlauf der letzten zwanzig Minuten am Rumpf des Wracks festgeschweißt hatte. Es war eine von fast einem Dutzend gleichartiger Ösen, die sie an ebenso vielen, genau berechneten Punkten am abgebrochenen Teilstück des Schiffes angebracht hatten – ein Unterfangen, das sich als schwieriger erwies, als sie es sich vorgestellt hatten, denn der weitaus größte Teil des Wracks bestand nicht mehr aus Metall. Vielmehr hatte der unheimliche Effekt, der jedes Leben an Bord des Schiffes zum Erlöschen gebracht hatte, auch vor seinem Rumpf nicht Halt gemacht und ihn in eine steinähnliche Substanz verwandelt, der selbst mit einem Schweißbrenner schwer beizukommen war.

Sein Funkgerät knisterte und Trautmans Stimme fragte: »Wie weit bist du?«

»Fertig«, antwortete Mike.

»Gut«, sagte Trautman, »dann komm zurück an Bord. Singh und ich erledigen den Rest.«

Mike ließ sich kein zweites Mal dazu auffordern. Hastig ergriff er den Schweißbrenner, hängte sich das Gerät über die Schulter und stapfte durch den aufwirbelnden Sand zur NAUTILUS zurück. Auf halbem Wege kam ihm Chris entgegen, der unter dem Gewicht einer zusätzlichen Sauerstoffflasche schwankte. Es war das dritte Mal, dass einer von ihnen den Weg von der NAUTILUS zum Wrack hin mit dieser Last machte. Argos' Atemluft reichte immer für eine gute Stunde, aber wenn sie erst einmal damit begannen, ihren Plan in die Tat umzusetzen, würden sie keine Gelegenheit mehr haben, ihm eine weitere Reserveflasche zu bringen. Mike winkte dem jüngsten Besatzungsmitglied der NAUTILUS flüchtig zu und warf einen unsicheren Blick in die Runde; wohin er auch sah, grinsten ihn gefährliche Haifischgebisse an, doch keines der Tiere hatte ihn oder einen seiner Freunde angegriffen, und er beeilte sich das restliche Stück des Weges noch schneller zurückzulegen.

Trautman und Singh traten aus der Schleuse, als Mike näher kam. Trautman gab ihm noch einige knappe Anweisungen, dann betrat er das Schiff, schloss das äußere Schott und wartete ungeduldig darauf, dass die Schleuse leer lief. Erleichtert öffnete er die innere Tür, legte das Schweißgerät zu Boden und begann sich mit fahrigen Bewegungen aus dem Taucheranzug zu schälen. Erst jetzt, als er wieder im behaglich warmen Inneren der NAUTILUS war, spürte er richtig, wie kalt das Wasser draußen gewesen war. Er war durchgefroren bis auf die Knochen und er glaubte jeden einzelnen Handgriff zu spüren, den er in den letzten beiden Stunden getan hatte.

Mike betrat den Salon, stellte mit einem raschen Blick fest, dass er leer war, und trat müde ans Fenster. Im Licht der starken Scheinwerfer konnte er Trautman und Singh erkennen, die zur Größe von Ameisen geschrumpft zu sein schienen. Sie hatten das Wrack erreicht und begannen eine Anzahl gewaltiger Stahltrossen in den Ösen zu befestigen, die Mike und die anderen am Schiff festgeschweißt hatten. Die Haifische umkreisten sie dabei neugierig und aufgeregt, und obwohl Mike wusste, wie lächerlich dieser Gedanke war, kam es ihm trotzdem so vor, als ob die Tiere genau beobachteten, was sie da taten – und als ob sie es genau *wüssten*.

Mike rief sich in Gedanken zur Ordnung. Das sonderbare Verhalten der Haie war unheimlich genug, auch ohne dass er anfing ihnen eine Intelligenz zuzuschreiben, die sie nicht besaßen. Er hörte Schritte und erkannte an ihrem Klang, dass es Serena war, die den Salon betreten hatte. Mike drehte sich nicht zu ihr herum, aber nach einigen Sekunden erkannte er das verzerrte Spiegelbild ihrer Gestalt in der Scheibe vor sich. Es vergingen zwei oder drei Minuten, in denen Serena einfach schweigend neben ihm stand und ins Meer hinausblickte. Dann sagte sie:

»Was meinst du? Werden sie es schaffen?«

Mike wusste es nicht. Trautmans Plan war so verrückt, dass er sich unter normalen Umständen einfach geweigert hätte auch nur darüber nachzudenken. »Sie müssen es wohl«, sagte er leise. »Wir können ihn schließlich nicht ewig dort drüben lassen und darauf hoffen, dass die Haie von selbst verschwinden.«

Sie sahen Trautman und dem Inder zu. Die Zeit verging nur schleppend langsam. Wie Trautman Mike auf dem Weg zurück zum Schiff gesagt hatte, kehrten die anderen der Reihe nach in die NAUTILUS zurück und gesellten sich zu ihnen. Niemand sprach. Ben, Chris und Juan nahmen neben Mike und Serena vor dem Fenster Aufstellung und beobachteten gebannt, wie Singh und Trautman ihre Arbeit beendeten. Sie kamen weitaus weniger gut voran, als sie alle gehofft hatten; die Arbeit in dieser Wassertiefe war ebenso schwierig wie gefährlich und die Haie behinderten die beiden Männer, obwohl sie sie nicht angriffen. Es musste wohl so sein, wie Argos behauptet hatte: Die Tiere waren nur hier, um *ihn* zu holen. Erstaunlich fand Mike aber, dass sie dabei Rücksicht auf das Leben der anderen nahmen. Eigentlich war das nicht die typische Art, die man von Haien erwartete.

Schließlich aber war auch diese Arbeit getan und auch Singh und Trautman kehrten in die NAUTILUS zurück. Es vergingen noch einmal quälende Minuten, bis sie sich ihrer Taucheranzüge entledigt und in den Salon des Schiffes heraufgekommen waren, und Trautman trat sofort an das Steuerpult und startete die Motoren. Die anderen gingen zu ihren Plätzen oder suchten sich irgendeinen festen Halt, aber Mike und Serena blieben am Fenster stehen und blickten weiter auf das Schiff hinab. Ganz allmählich löste sich die NAUTILUS vom Meeresgrund.

Für einen Moment konnten sie draußen nichts mehr sehen, denn die Bewegung ließ eine gewaltige Sandwolke hochwirbeln, die das Schiff zur Gänze einhüllte, aber Mike fühlte den leichten, mehrfachen Ruck, der durch die NAUTILUS ging, als sich die Kabel strafften. Vor lauter Erregung hielt er den Atem an, bis sie weit genug gestiegen waren, um aus der wirbelnden graubraunen Wolke herauszukommen. Er konnte das Wrack jetzt nicht mehr sehen, denn es hing sicher vertäut an den Kabeln unter dem Schiff, doch eines der Drahtseile führte so dicht am Fenster vorbei, dass er erkennen konnte, dass es straff gespannt war. Offensichtlich hatten die Haken gehalten, die er und die anderen am Rumpf des Schiffswracks angeschweißt hatten. Das war ihre größte Sorge gewesen. Nicht nur der Aufprall auf dem Meeresgrund, sondern viel mehr noch die unheimliche Veränderung, die mit dem Metall vor sich gegangen war, hatten dem Schiff den Großteil seiner Stabilität genommen. Weder Mike noch einer der anderen wäre erstaunt gewesen, wäre es einfach auseinander gebrochen.

»Bis jetzt scheint alles zu funktionieren«, murmelte Trautman.

Mike drehte sich zu ihm herum. »Wie lange brauchen wir bis zur Oberfläche?«

Trautman überlegte einen Moment, sah auf die Armbanduhr und murmelte dann: »Eine Stunde. Vielleicht anderthalb.«

»Und wie lange hält noch sein Sauerstoffvorrat?«, wollte Ben wissen.

Mike sah aus den Augenwinkeln, dass Serena zusammenfuhr, und wünschte sich sehr, Ben hätte diese Frage nicht gestellt.

Trautman beantwortete sie: »Wenn er alle Flaschen bis zum allerletzten Atemzug ausnutzt, etwa zwei Stunden. Es wird knapp.«

Knapp, dachte Mike, war gar kein Ausdruck. Sie hatten nichts gewonnen, wenn sie die Wasseroberfläche erreichten. Die Haie würden ihnen zweifellos auch dorthin folgen. Die NAUTILUS tauchte nicht gerade, sondern in schrägem Winkel auf, denn Trautman hatte auf einer ihrer Seekarten eine kleine – wie sie alle hofften unbewohnte – Insel entdeckt, die sie bei voller Fahrt in zehn oder fünfzehn Minuten erreichen konnten. Vielleicht fanden sie dort eine geschützte Bucht oder einen Strand, auf den sie das Wrack hinaufziehen konnten, um so vor den Haien in Sicherheit zu sein.

Mike wollte eine weitere Frage stellen, doch in diesem Moment hob Ben erschrocken den Arm, deutete auf das Fenster und schrie: »Da! Was ist *das?*«

Mike fuhr wieder zum Fenster herum – und riss ungläubig die Augen auf. Was er sah, konnte nicht sein. Er *musste* sich täuschen. Aber wenn es eine Sinnestäuschung war, dann eine, der nicht nur er, sondern auch alle anderen erlagen. Denn nicht nur Ben, Juan und Chris, sondern auch Singh selbst Trautman starrten aus entsetzt aufgerissenen Augen ins Meer hinaus.

Die Scheinwerfer der NAUTILUS waren immer noch eingeschaltet, sodass sie das gigantische Geschöpf, das sich dem Schiff näherte, in aller Deutlichkeit erkennen konnten. Es war ein Hai, aber er war …

»Aber das gibt es doch nicht«, flüsterte Ben. »Sagt mir, dass ich mir das nur einbilde! Das … das Ding ist … mindestens vierzig Meter lang!«

»Ungefähr fünfunddreißig«, korrigierte ihn Trautman. Seine Stimme war ganz leise, ein fast entsetztes, ungläubiges Flüstern. »Ich habe davon gehört. Mikes Vater hat mir von diesen Geschöpfen erzählt, aber ich habe es nicht geglaubt. Ein Tiefseehai!«

»Sind sie gefährlich?«, wollte Ben wissen.

Trautman lachte hart. »Solange sie nicht angreifen, nicht«, erklärte er. »Aber ich begreife das nicht«, fuhr er nach einigen Sekunden kopfschüttelnd fort. »Sie kommen normalerweise niemals so weit nach oben. Sie leben in Wassertiefen von vier-, fünftausend Metern. Was sucht er hier?«

Sie bekamen die Antwort auf diese Frage schneller und deutlicher, als ihnen allen lieb gewesen wäre. Der Hai glitt mit einer majestätisch anmutenden Bewegung, die durch seine enorme Größe sehr viel langsamer aussah, als sie war, an der NAUTILUS vorüber, änderte dann mit einem einzigen Schlag der Schwanzflosse seinen Kurs und schoss schräg nach unten ins Wasser. Nur eine Sekunde später erzitterte die NAUTILUS unter einem gewaltigen Aufprall und das Stahlseil vor dem Fenster spannte sich und begann zu vibrieren wie eine Gitarrensaite.

Mit Ausnahme Trautmans schrien alle erschrocken auf und wichen einige Schritte vom Fenster zurück, obwohl dies rein gar nichts genutzt hätte, wäre das Glas geborsten. Die NAUTILUS schwankte so stark, dass Mike hastig die Arme ausstreckte, um sein Gleichgewicht zu halten, und Ben mit einem Schmerzensschrei auf die Knie herabfiel. Nur einen Augenblick später tauchte der Hai wieder im Scheinwerferlicht auf. Seine riesigen, fast kopfgroßen Augen schienen für einen Moment direkt in die Gesichter der Menschen hinter der Glasscheibe zu starren und Mike glaubte etwas darin zu erkennen, das ihn schaudern ließ. Dann schwenkte das Tier herum und setzte zu einem zweiten wütenden Angriff an.

Diesmal waren sie vorbereitet und fanden alle irgendwo festen Halt, aber die NAUTILUS erzitterte noch heftiger unter dem Anprall und wie zur Antwort lief ein langes, metallisches Stöhnen durch den Schiffsrumpf, das ihnen allen einen eiskalten Schauer über den Rücken jagte.

»*Das Wrack!*«, schrie Trautman. »Er greift das Wrack an!« Er fuhr herum und rannte zum Steuerpult. Singh und Juan folgten ihm, während Mike und die anderen mit klopfendem Herzen gebannt weiter aus dem Fenster sahen. Der Riesenhai war für einen Moment aus ihrem Blickfeld verschwunden, aber Mike zweifelte nicht daran, dass er nur Kraft für einen neuen Angriff sammelte.

Serena klammerte sich angstvoll an ihn. Ihre Finger gruben sich so tief in seinen Arm, dass es wehtat, aber er verbiss sich jeden Laut und griff stattdessen nach ihrer Hand.

»Da kommt er wieder!«, schrie Ben.

Trautman nickte nervös, bediente hastig ein paar Schalter und schlug dann mit der geballten Faust auf einen weiteren. Die NAUTILUS machte einen regelrechten Satz nach oben, und als der riesige schwarzsilberne Schemen diesmal unter ihnen vorbeischoss, blieb der erwartete Anprall aus. Das Schiff selbst aber antwortete mit einer Reihe klagender wie bedrohlich klingender Geräusche auf diese grobe Behandlung und Mike warf einen besorgten Blick zu Trautman zurück. Sie konnten in diesem Tempo unmöglich weiter steigen, das würde nicht einmal die NAUTILUS aushalten!

Und der Hai setzte bereits zu einem weiteren Angriff an. Als er diesmal gegen das Wrack prallte, das unter dem Boden der NAUTILUS hing, schwankte das ganze Schiff hin und her und erbebte unter einem peitschenden Schlag. Eines der Kabel war gerissen.

»Nein!«, flüsterte Serena. »Das darf nicht sein! Vater!«

»Das schaffen wir nicht«, sagte Trautman. »Singh! Juan! Ihr

übernehmt das Ruder! Versucht dem Biest irgendwie auszuweichen! Ben, Mike – ihr kommt mit mir!«

Mike und Ben wandten sich gehorsam um und liefen hinter Trautman her, der bereits aus dem Salon stürmte. Auch Serena wollte sich ihnen anschließen, aber Trautman machte eine rasche, befehlende Geste, woraufhin sie zur allgemeinen Überraschung zurückblieb und wieder ans Fenster trat.

»Was haben Sie vor?«, fragte Mike, während sie durch den Gang zur Treppe hinstürmten.

»Das weiß ich selbst noch nicht genau«, antwortete Trautman. »Aber wir müssen etwas tun. Noch zwei oder drei solcher Treffer und das ganze Wrack bricht auseinander.«

Sie erreichten das Ende der Treppe und erst als Trautman sich nach links wandte, begriff Mike, dass sie auf dem Weg zur Tauchkammer waren. Was um alles in der Welt hatte Trautman vor? Er konnte doch unmöglich ins Wasser hinabsteigen wollen!

Sie erreichten die Schleuse. Trautman schleuderte noch im Laufen seine Schuhe von sich, riss einen der schweren Taucheranzüge vom Haken und befahl Ben und Mike, ihm beim Anziehen behilflich zu sein. Als Mike ihm eine der Sauerstoffflaschen reichen wollte, schüttelte er den Kopf. »Die brauche ich nicht«, sagte er.

»Aber die Luft im Anzug reicht höchstens für drei oder vier Minuten«, protestierte Ben, doch Trautman schnitt ihm mit einer Geste das Wort ab.

»Mehr Zeit werde ich nicht brauchen«, erwiderte er. Während er nach dem schweren Helm griff, wandte er sich an Mike und fragte: »Glaubst du, dass Argos noch unsere Gedanken liest?«

Mike zuckte mit den Schultern.

»Ich weiß es nicht«, antwortete er.

»Dann bete, dass er es tut«, sagte Trautman düster. »Denn sonst ist er in ein paar Minuten tot.« Er stülpte den Helm über, verriegelte die Verschlüsse und riss mit einer ungeduldigen Bewegung die innere Tür der Schleusenkammer auf. Ohne weitere Erklärung trat er hinein, zog die Tür hinter sich zu und betätigte den Schalter, der den Raum flutete.

»Aber was hat er denn vor?«, fragte Ben kopfschüttelnd.

Mike konnte nur erneut mit den Schultern zucken. Er hatte nicht die leiseste Ahnung, was Trautman vorhatte. In diesem Moment erzitterte die NAUTILUS unter einem weiteren, krachenden Schlag. Der Tiefseehai setzte seine Angriffe beharrlich fort. Bei der enormen Größe des Tieres, das sie durch das Fenster gesehen hatten, wunderte es Mike beinahe, dass das Wrack an seinen Stahlseilen nicht schon längst auseinander gebrochen war. Aber mehr als zwei oder drei weiterer solcher Treffer würde es bestimmt nicht aushalten.

Ben und er pressten die Gesichter gegen die dicke Glasscheibe, durch die sie ins Innere der Schleusenkammer blicken konnten. Das Wasser hatte bereits die Decke erreicht und Trautman betätigte den Schalter, der die äußere Tür öffnete. Sie war noch nicht einmal halb auf, da schoss der erste Hai herein: ein armlanges Geschöpf, das sich sofort wütend in Trautmans Anzug verbiss und daran zerrte, bis Trautman ihm einen Faustschlag auf die Nase versetzte, woraufhin es sich benommen zurückzog. Aber schon drängte ein weiterer Hai herein und dann ein dritter und vierter – und dann riss Ben erstaunt die Augen auf und ließ einen kleinen, überraschten Schrei hören.

Eingezwängt in einen lebenden Mantel aus schlanken silbergrauen Körpern, die sich an zahllosen Stellen in seinen Anzug verbissen hatten, zog sich Argos in die Schleusenkammer. Ein besonders großer Hai hatte sich in seinem rechten Bein verbissen und zerrte und riss mit aller Kraft daran, sodass es Argos nicht gelang, sich ganz in das Schiff hineinzuziehen. Selbst auch dann nicht, als Trautman zugriff und ihm zu helfen versuchte. Schließlich drehte sich Trautman halb herum, hielt sich mit beiden Händen an den Türkanten fest und versetzte dem Hai zwei, drei wuchtige Tritte gegen die Schnauze, bis er endlich losließ. Doch die Gefahr war noch nicht vorüber. Schon schossen weitere Haie heran. Und hinter dem Gewirr aus lebenden Körpern glaubte Mike einen kolossalen Schatten zu erkennen, der sich rasend schnell näherte. Es ging buchstäblich um Sekundenbruchteile.

Die Haifische ließen plötzlich von Argos und Trautman ab und stoben in alle Richtungen auseinander. Hinter ihnen klaffte ein Maul auf, in dem ein erwachsener Mann bequem hätte liegen können, und jagte auf das Schiff zu. Trautman warf sich mit einer verzweifelten Bewegung zurück und zerrte Argos dabei mit sich –

und dann prallte der Riesenhai mit Urgewalt gegen die Flanke der NAUTILUS. Diesmal war es, als ob das Schiff vor Schmerz aufschrie. Ein helles metallisches Kreischen dröhnte in Mikes Ohren und die Erschütterung war so stark, dass Ben und er an die gegenüberliegende Wand geschleudert wurden und zu

Boden fielen. In der fingerdicken Scheibe, die in der Tür zur Schleusenkammer eingelassen war, erschien ein gezackter Riss und dem ersten, gellenden Kreischen des Schiffsrumpfes folgte ein lang anhaltendes, mahlendes Stöhnen und Knacken.

Die NAUTILUS zitterte immer noch so stark, dass es Mike kaum gelang, sich in die Höhe zu stemmen und wieder zur Tür zu taumeln. Als er durch das Fenster sah, erblickte er ein wahres Wunder: Der Anprall des Riesenhais hatte weder Trautman noch Argos das Leben gekostet, sondern es ihnen im Gegenteil vermutlich gerettet, denn die Erschütterung schien sie beide in die Schleuse hineingeschleudert zu haben. Argos lag am Boden und regte sich nicht mehr. Aus dem aufgerissenen Bein seines Taucheranzuges sprudelte ein dünner, aber beständiger Strom von Luftblasen in die Höhe, während sich Trautman auf Hände und Knie erhoben hatte und mit unsicheren Bewegungen nach dem Schalter tastete, der die Tür schloss.

Auf der anderen Seite der Öffnung war eine sich bewegende Wand aus grauer, schimmernder Haut zu sehen und plötzlich starrte ein riesiges schwarzes Auge zu ihnen herein. Doch dann hatte Trautman endlich den Schalter erreicht, legte ihn um und die Türe begann sich zu schließen.

Endlich war die Schleuse wieder mit Luft gefüllt und er konnte die Tür öffnen. Trautman taumelte ihm entgegen, fiel auf die Knie und riss sich den Helm vom Kopf. Er tat einen tiefen, keuchenden Atemzug. Seine Hände zitterten und sein Herz schlug so heftig, dass sie die Adern an seinem Hals pochen sehen konnten. Doch als sich Mike und Ben um ihn kümmern wollten, schüttelte er den Kopf und deutete hinter sich.

»Argos«, sagte er atemlos. »Kümmert euch um ihn. Ich weiß nicht, ob er noch lebt.«

Ben machte ein trotziges Gesicht, aber dann traf ihn ein strenger Blick Trautmans und er stand auf und trat neben Mike in die enge Schleusenkammer. Zu zweit ergriffen sie Argos unter den Achseln und zerrten ihn aus der Schleuse; eine Aufgabe, die fast ihre Kraft überstieg, denn der Atlanter trug gleich zwei der schweren Sauerstoffflaschen auf dem Rücken und ohne den hilfreichen Auftrieb des Wassers spürten sie deren Gewicht doppelt. Mühsam brachten sie ihn nach draußen, legten ihn auf den Rücken und Mike ließ sich neben ihm auf die Knie sinken und öffnete seinen Helm. Argos war bei Bewusstsein, schien aber benommen. Als Mike ihn ansprach, reagierte er nicht, sondern stöhnte nur leise.

»Sein Bein sieht nicht gut aus«, sagte Ben.

Mike vermied es, sich Argos' Bein anzusehen. Er konnte sich vorstellen, welchen Anblick es bot. Bei der Größe des Haies, der sich darin verbissen hatte, war es ein kleines Wunder, dass er Argos das Bein nicht glattweg abgebissen hatte. Wenigstens, dachte er, weiß ich jetzt, warum Trautman gerade gefragt hatte, ob Argos noch ihre Gedanken las ...

»Er muss aus dem Anzug heraus«, sagte Trautman. Er selbst hatte sich bereits aufgerichtet und damit begonnen, sich aus dem schweren Kleidungsstück zu schälen. Mit Bens und Mikes Hilfe gelang es ihm, binnen weniger Augenblicke aus dem Taucheranzug herauszukommen, dann machten sie sich gemeinsam daran, auch Argos aus seiner Unterwasserausrüstung zu befreien. Der Atlanter begann laut zu stöhnen, als sie ihn aus dem Anzug zerrten. Die Wunden an seinem Bein waren weit weniger schlimm, als Mike befürchtet hatte, bluteten aber heftig und taten sicherlich höllisch weh, doch als Ben sich bücken wollte, schüttelte Trautman abermals den Kopf.

»Dazu ist keine Zeit«, sagte er. »Wir bringen ihn in den Salon. Rasch. Serena kann sich um ihn kümmern. Wir müssen hier weg, bevor dieses Vieh anfängt die NAUTILUS anzugreifen.«

Er ergriff Argos an den Beinen und hob ihn hoch, während Mike und Ben sich jeweils einen Arm des Atlanters über die Schultern hängten. Argos stöhnte und wimmerte ununterbrochen, denn die Behandlung fügte ihm sicherlich gewaltige Schmerzen zu, aber darauf konnten sie keine Rücksicht nehmen.

So schnell es mit ihrer schweren Last möglich war, eilten sie die Treppe hinauf und zum Salon. Bevor sie ihn erreichten, kam ihnen Serena entgegen. Sie schrie erschrocken auf, als sie ihren Vater wie tot zwischen Mike und Ben erblickte, und Mike hob rasch die freie Hand und sagte: »Keine Sorge. Er lebt.«

Sie trugen Argos in den Salon, legten ihn behutsam auf den Boden und Trautman eilte wieder zum Steuerpult, während sich Ben und Mike voller banger Erwartung dem Fenster zuwandten. Ihre schlimmsten Befürchtungen schienen einzutreten. Der Tiefseehai war wieder da. Er schwamm in zehn oder fünfzehn Metern Entfernung neben der NAUTILUS, im selben Tempo wie sie und umgeben von Hunderten seiner kleineren Artgenossen, die neben dem grauen Koloss wie Heringe wirkten. Noch hatte er keinen Versuch gemacht, die NAUTILUS anzugreifen, aber Mike glaubte regelrecht zu spüren, was in dem Giganten der Tiefsee vorging: Es war seine Aufgabe, den Atlanter zu holen;

wohin und in wessen Auftrag auch immer. Und er würde nicht ruhen, bis er diese Aufgabe erfüllt hatte.

»Macht euch keine Sorgen«, sagte Trautman vom Steuerpult aus, als hätte er seine Gedanken gelesen. »Hier drinnen sind wir sicher. Nicht einmal dieser Bursche kann uns ...«

Er brach mitten im Wort ab und seine Augen wurden groß, während er an Mike vorbei zum Fenster starrte, und sein Gesicht – ohnehin schon sehr bleich – verlor noch mehr Farbe.

Als Mike sich ebenfalls zum Fenster umwandte, schien ihm schier das Blut in den Adern zu gerinnen: Der Tiefseehai war immer noch da. Und er war nicht mehr allein. Im Licht der starken Scheinwerfer konnten sie einen zweiten, eine Sekunde später einen dritten und dann sogar einen vierten kolossalen Fisch erkennen, die sich alle der NAUTILUS langsam näherten.

»Oh«, sagte Ben halblaut. »Jetzt wird es eng.«

»Großer Gott!«, murmelte Trautman. »Aber das ... das ist doch ... unmöglich!«

Langsam näherte sich einer der Riesenhaie dem Schiff. Er schwamm genau auf das Fenster zu, bis er direkt zu ihnen hereinstarren konnte. In seinem Blick war etwas Hypnotisierendes, fast Lähmendes.

Alle anderen waren erschrocken vom Fenster zurückgewichen, als der Riesenfisch näher kam, aber Mike konnte sich nicht rühren.

»Wenn sie uns angreifen, ist es aus«, flüsterte Ben. »Das hält nicht einmal die NAUTILUS aus.«

Damit hat er zweifellos Recht, dachte Mike. Aber es war seltsam – aus irgendeinem Grund hatte er überhaupt keine Angst.

Es war, als ... als *wüsste* er, dass von diesen Riesenhaien keine Gefahr drohte. Wenn es so war, dann täuschte er sich.

Der Hai verschwand und nur eine Sekunde später bebte die NAUTILUS unter einem fürchterlichen Anprall. Das Schiff dröhnte wie eine Glocke. Das Klirren von zerbrechendem Glas mischte sich in das Ächzen und Mahlen von überbeanspruchtem Metall und in die Schreie der Besatzungsmitglieder und alle im Salon wurden von den Füßen gerissen. Auf Trautmans Kontrollpult begann eine ganze Batterie roter Warnlampen zu flackern und Mike glaubte für einen Moment, schon wieder das furchtbare Geräusch von Wasser zu hören, das ins Schiff drang, war aber nicht sicher.

Mühsam stemmte er sich auf Hände und Knie hoch und hob den Blick zum Fenster. Der Hai, der die NAUTILUS gerammt hatte, trieb benommen neben ihnen durch das Wasser. Er blutete aus einer großen Wunde am Kopf, aber das schien ihn nicht sonderlich zu beeindrucken, denn er setzte bereits wieder zu einem neuen Angriff an.

»Nein!«, flüsterte Trautman. »Um Gottes willen! Noch einen Anprall halten wir nicht aus!«

Mike reagierte ganz instinktiv. Er sprang auf die Füße, rannte zum Fenster und warf sich gegen das dicke Panzerglas. »*Astaroth!*«, schrie er. »*Sie sollen aufhören! Sie bringen uns um!*«

Und das Wunder geschah: Der zweite Hai, der wie ein gigantischer lebender Torpedo heranschoss, warf sich im buchstäblich allerletzten Moment herum und verfehlte die NAUTILUS so knapp, dass seine dreieckige, segelbootgroße Rückenflosse mit einem hörbaren Geräusch unter dem Rumpf entlangschrammte. Aber der furchtbare Anprall, der das Schiff vermutlich in Stücke geschlagen hätte, blieb aus.

Für einen Moment wurde es sehr still im Salon. Im allerersten Moment fiel es Mike gar nicht auf, dann aber spürte er die Stille. Und er fühlte die Blicke der anderen auf sich, noch ehe er sich herumdrehte und in die Gesichter Serenas, Trautmans, Singhs, Bens, Juans und Chris' blickte, die ihn allesamt fassungslos anstarrten.

»Was hast du gesagt?«, murmelte Ben. »Astaroth?«

»Aber er ist doch tot«, sagte Chris.

»Nein«, antwortete Mike. »Das ist er nicht.«

»Aber wie ...« Trautman schüttelte den Kopf. »Wir alle haben doch gesehen, dass ihn die Haifische gefressen haben.«

Mike drehte sich vom Fenster herum und ging zum Kartentisch. Der Anprall hatte auch Argos von seinem Platz heruntergeschleudert und er lag reglos und mit geschlossenen Augen auf dem Rücken. Er atmete tief und regelmäßig, hatte aber das Bewusstsein verloren. »Wir haben gesehen, dass ihn die Haifische unter Wasser gezerrt haben«, sagte er. »Aber mehr auch nicht.«

»Du ... du meinst, er *lebt*?« Trautman machte eine verwirrte Geste zum Fenster. »Und er ist *dort draußen*? Bei *ihnen*?«

»Ich habe ihn gesehen«, antwortete Mike.

»Wann?«, fragte Trautman scharf.

»Als ich das erste Mal draußen beim Wrack war«, antwortete Mike.

»Und es nicht für nötig gehalten, es uns zu sagen?«, schnappte Ben.

»Das hätte wenig Sinn gehabt«, antwortete Mike. »Ihr habt ja alle noch unter Argos' Einfluss gestanden. Außerdem hielt ich es für besser, wenn nicht alle es wissen.« Auch er deutete zum Fenster. »Astaroth ist da draußen. Fragt mich nicht, warum oder was er dort tut, aber ich habe ihn gesehen. Er ...« Mike brach ab. Was sollte er sagen? Dass er Astaroth gesehen hatte, wie er rittlings auf einem Hai herangepprescht kam und in Gedanken *Attacke!* brüllte? Kaum. Das Bild war so absurd, dass er sich selbst fragte, ob es eigentlich wahr war. Und außerdem war da ein unbestimmtes Gefühl in ihm, das ihm sagte, dass es vielleicht besser war, wenn er noch einen Teil seines Geheimnisses für sich behielt.

»Es ist so, wie Argos gesagt hat«, begann er von neuem. »Sie sind nicht hinter uns her, im Gegenteil. Sie würden uns nie in Gefahr bringen.«

»Mit *sie* meinst du die Haie?«, vergewisserte sich Trautman.

Mike nickte. »Die oder die, die sie geschickt haben«, sagte er.

»Und wer soll das sein?«, wollte Juan wissen. Mike deutete auf Argos. »Das fragen wir besser ihn«, sagte er. »Sobald er wieder wach ist.«

Ben kam mit langsamen Schritten näher, blickte auf den bewusstlosen Argos herab, schüttelte den Kopf und schlug sich dann mit der rechten Faust in die geöffnete linke Hand. »Schade, dass er ohnmächtig geworden ist«, sagte er. »Das hätte ich gern übernommen.«

In Serenas Augen blitzte es auf und Mike machte rasch eine beruhigende Geste in ihre Richtung. »Dazu ist jetzt wirklich nicht der richtige Moment«, sagte er zu Ben gewandt. »Es ist nicht vorbei. Sie werden uns nichts tun, aber ich kann mir auch nicht vorstellen, dass sie uns so einfach davonziehen lassen.«

Ben warf einen nervösen Blick zum Fenster. Die Riesenhaie samt ihren kleineren Brüdern umkreisten das Schiff noch immer, und auch wenn sie ihren Angriff eingestellt hatten, so trug der Anblick doch nicht unbedingt dazu bei, sie zu beruhigen. Weder er noch das Bild, das plötzlich wieder in Mikes Gedächtnis erschien. Aber er sprach auch dies nicht aus.

Argos hatte sie im Moment aus seinem geistigen Bann entlassen, aber Mike hatte das sichere Gefühl, dass es noch nicht vorbei war.

Ihr gespenstischer Geleitschutz blieb ihnen treu, bis sie die Oberfläche und eine knappe Stunde darauf die kleine Insel erreicht hatten, die Trautman als Ziel aussuchte. Seine Wahl war gut gewesen: Das Eiland lag nicht nur fernab von allen bekannten Schiffsrouten, es war auch – zumindest auf den ersten Blick – unbewohnt und es verfügte über einen breiten, weit ins Meer hineinreichenden Sandstrand, an dem die NAUTILUS anlegen konnte und an dem das Wasser so flach war, dass zumindest die größeren Haie die Verfolgung aufgeben mussten. Und als sie schließlich mit klopfenden Herzen die NAUTILUS verließen und einen Blick ins kristallklare Wasser warfen, erlebten sie eine weitere Überraschung: Zwar waren die meisten Stahltrossen, die sie am Rumpf des Wracks angebracht hatten, gerissen, aber drei oder vier der fingerdicken Kabel hatten gehalten und sie hatten ausgereicht, das Trümmerstück sicher mit zur Oberfläche hinaufzutragen.

»Dann war es ja wenigstens nicht ganz umsonst«, sagte Trautman brummig. Er sah aufmerksam aufs Meer hinaus. Der Ozean war alles andere als leer. Auch wenn die größten Raubfische nicht in ihrer Nähe waren, so konnte man doch auf Anhieb zwei- oder dreihundert dreieckige Rückenflossen durch das türkisfarbene Wasser schneiden sehen. »Dann können wir nur hoffen, dass sie uns nicht angreifen, wenn wir die Männer rausholen«, fügte er hinzu.

Ben riss ungläubig die Augen auf. »Das ist nicht Ihr Ernst!«, sagte er. »Sie wollen sie bergen? Nach allem, was Argos mit uns angestellt hat?«

Trautman sah ihn eine Sekunde lang mit seltsamem Ausdruck an. »Dafür wird er sich verantworten müssen, keine Angst«, sagte er dann. »Und selbstverständlich ist das mein Ernst. Was sollte ich wohl tun? Die Männer dort unten lassen? Sie sterben lassen, weil Argos etwas getan hat, was uns nicht gefällt?«

Ben riss die Augen auf. »Was uns nicht gefällt?«, krächzte er. »Das ist die Untertreibung des Jahres!«

»Möglich«, sagte Trautman ruhig. »Trotzdem werden wir sie da rausholen. Und anschließend bringen wir sie und Argos an Land und beraten, was weiter zu tun ist.«

Ben sah ganz so aus, als wollte er erneut protestieren, aber Trautman gab ihm gar keine Gelegenheit dazu, sondern drehte sich mit einem Ruck herum, winkte Singh zu sich heran und begann das auf dem Deck verschraubte Boot zu lösen. Auch Juan und Mike packten mit zu, nur Ben stand mit trotzig vor der Brust verschränkten Armen dabei und rührte sich nicht. Serena und Chris waren unten im Schiff zurückgeblieben; Serena, um sich um ihren Vater zu kümmern, und Chris, um ein Auge auf beide zu werfen.

Der gefährliche Moment kam, als sie das Boot zu Wasser gelassen hatten und Singh mit einer entschlossenen Bewegung über Bord sprang und zu dem Wrackteil hinabtauchte. Mike sah mit angehaltenem Atem zu, wie zwei, drei Haifische auf ihn zu schossen, dann aber im letzten Moment wieder ihre Richtung wechselten ohne ihn anzugreifen.

»Sieht aus, als hätten wir Glück«, sagte Trautman.

Singh tauchte wieder auf, holte tief Atem und erklärte keuchend: »Sie sind noch dort unten. Aber sie sind zu schwer, um sie so einfach herauszuholen.«

»Dann müssen wir einige Sauerstoffflaschen neu füllen und jemand muss in einem Taucheranzug hinunter«, sagte Trautman. »Das wird ein paar Stunden in Anspruch nehmen, aber ich glaube, nach all der Zeit macht das jetzt auch keinen Unterschied mehr.«

Er half Singh wieder an Bord des Beibootes zu klettern, dann ruderten sie die wenigen Meter zur NAUTILUS zurück und Trautman und der Inder kletterten aufs Schiff hinauf. Als Mike und Juan ihnen folgen wollten, schüttelte Trautman jedoch den Kopf und deutete zum Strand. »Fahrt zur Insel«, sagte er. »Seht euch ein bisschen um, aber geht nicht zu weit. Ich glaube nicht, dass sie bewohnt ist, aber sicher ist sicher. Singh und ich bereiten alles Notwendige vor. Ich will diese Nacht gerne auf festem Boden verbringen«, fügte er in sonderbarem Tonfall hinzu.

Mike konnte das gut verstehen. Trautmans Bemerkung zeigte, wie sehr das Zutrauen des deutschen Seemanns in die NAU-

TILUS erschüttert war. Trautman war praktisch auf dem Wasser geboren und hatte den allergrößten Teil seines Lebens dort beziehungsweise unter Wasser verbracht. Und Mike hatte in all den Jahren, in denen sie sich kannten, nicht ein einziges Wort des Bedauerns oder Zweifelns von ihm gehört, aber im Moment erging es ihm fast ebenso. Vielleicht waren sie einmal zu oft gerade noch mit knapper Mühe entkommen.

Juan und er griffen nach den Rudern und fuhren zum Strand. Während der nächsten halben Stunde untersuchten sie den Wald im Umkreis einer halben Meile so gründlich, wie es ging, fanden aber weder Spuren menschlicher Bewohner noch gefährlicher Tiere, dafür aber eine kleine Quelle, die nur wenige Dutzend Meter vom Ufer entfernt lag, und genug Früchte, um ein wahres Festmahl daraus zu bereiten. Sie sammelten trockenes Holz, um später ein Feuer zu entzünden, stapelten es dicht oberhalb der Flutlinie zu einem Haufen auf und ruderten schließlich zur NAUTILUS zurück.

Als sie in den Salon kamen, waren alle bis auf Singh darin versammelt. Argos lag auf der Couch beim Kartentisch und schien immer noch ohne Bewusstsein. Und Serena saß, ganz wie Mike es erwartet hatte, neben ihm und hatte seine Hand ergriffen. Sie sah mit großer Sorge auf sein Gesicht hinab. Der Anblick versetzte Mike einen tiefen, schmerzhaften Stich.

Serena schien seinen Blick zu spüren, denn sie sah plötzlich auf, blickte ihm in die Augen und lächelte. Aber es war ein trauriges Lächeln, sodass Mike sich noch niedergeschlagener fühlte. Rasch wandte er den Blick ab und ging zu Trautman und den anderen.

»Wie weit seid ihr?«

Trautman sah auf die Uhr. »Es dauert noch eine Stunde, bis die Sauerstoffflaschen gefüllt sind«, antwortete er. »Und dann kommt es drauf an, was unsere silbergrauen Freunde dort draußen tun.«

»Vorhin haben sie uns nicht angegriffen«, sagte Mike.

»Vorhin«, antwortete Trautman mit leicht erhobener Stimme, »haben wir nur nachgesehen und nicht versucht die Männer aus dem Schiff zu holen.« Er ließ eine kurze Spanne Zeit verstreichen und fügte leiser und fast nur an sich selbst gewandt hinzu: »Ich möchte wissen, wer sie geschickt hat und warum.«

»Warum fragen Sie ihn nicht?« Ben deutete mit einer trotzigen Geste auf Argos. »Ich bin sicher, er kennt die Antwort.«

»Und er wird sie uns sagen«, antwortete Mike scharf. Vielleicht eine Spur schärfer, als notwendig gewesen wäre, denn Ben sah ihn irritiert an. »Aber jetzt nicht. Jetzt müssen wir erst –«

»Vor allem aufhören uns gegenseitig an die Kehlen zu gehen«, mischte sich Trautman ein. »Ich kann dich verstehen, Ben. Ich bin auch nicht besonders gut auf Argos zu sprechen, aber möglicherweise hatte er seine Gründe für das, was er getan hat. Er wird uns alles erklären.«

»Klar«, sagte Ben giftig. »Wenn wir ihm nur Zeit genug lassen, sich eine hübsche Ausrede auszudenken oder uns wieder zu seinen Sklaven zu machen.«

»Ich glaube nicht, dass er das noch einmal tut«, antwortete Mike.

Ben sah ihn nur böse an, ersparte sich aber eine Antwort und drehte sich schließlich trotzig weg.

Die Stunde, von der Trautman gesprochen hatte, schien sich zu einer Ewigkeit zu dehnen, in der kaum jemand ein Wort sagte. Sie alle waren erschöpft und sie alle mussten auf die eine oder andere Weise mit dem Erlebten fertig werden. Das galt auch für Mike. Sie mochten hier vor den Haien in Sicherheit sein, doch irgendetwas sagte ihm, dass die, die diese Tiere geschickt hatten, noch über ganz andere Möglichkeiten verfügten. Und da war immer noch dieses unheimliche Gesicht, an das er sich zu erinnern glaubte.

Schließlich war die quälende Wartezeit vorbei und Singh kam zurück und teilte ihnen mit, dass der Taucheranzug bereit wäre. Während er in die Schleuse hinunterging um sich umzuziehen, begaben sich Trautman, Mike und Juan wieder aufs Deck und ruderten im Beiboot zu dem Wrackteil hinaus. Mike erschrak ein wenig. Das Wasser rings um das bizarre Anhängsel der NAUTILUS brodelte vor Haien. Obwohl es so flach war, dass man fast darin stehen konnte und ein Teil des zerborstenen Schiffsteiles sogar daraus hervorragte, hatten sich nun doch wieder einige wirklich grosse Haie eingefunden. Riesen von drei, vier Metern Körperlänge, die ihm jetzt zwar winzig vorkamen, nach den Kolossen, die sie weiter unten gesehen hatten, von denen jeder einzelne aber durchaus in der Lage war, selbst einem Mann im Taucheranzug gefährlich zu werden.

Eine ganze Weile saßen sie schweigend im Boot und warteten, dass Singh auftauchte und in das Wrack hineinstieg. Dann sagte Trautman plötzlich: »Du hast uns nicht alles erzählt, nicht wahr?«

Mike blinzelte und versuchte den Verwirrten zu spielen. »Wie?«

»Du hast mich noch nie belügen können, Mike«, erklärte Trautman mit einem sanften, fast väterlich wirkenden Lächeln. »Keiner von euch kann das. Da draußen ist noch mehr passiert, nicht wahr? Du hast nicht nur Astaroth gesehen.«

»Doch«, antwortete Mike.

Trautman sah ihn nur an und nach einer Sekunde verbesserte sich Mike: »Oder nein, Sie haben Recht. Es *ist* noch etwas passiert.«

»Und was?«

»Die Haie ... haben mir geholfen«, sagte Mike zögernd.

Juan starrte ihn ungläubig an, während Trautman keineswegs überrascht dreinsah.

»Geholfen?«

»Ich wäre allein nie in das Wrack hineingekommen«, antwortete Mike. »Zwei von ihnen haben mich hochgehoben. Nur so konnte ich zu Singh und Argos gelangen.

»Um ihnen die Sauerstoffflaschen zu bringen«, fügte Trautman in nachdenklichem Tonfall hinzu. »Das ist erstaunlich.«

»Aber warum sollten sie das tun?«, wunderte sich Juan. »Doch bestimmt nicht um Argos das Leben zu retten.«

»Wer weiß«, sagte Trautman. »Vielleicht wollen sie ja nicht seinen Tod. Vielleicht wollen sie ihn einfach nur *haben*.«

»Haben?«, fragte Mike. »Wie meinen Sie das?«

Trautman zuckte mit den Schultern. »Er hat uns niemals erzählt, wo er hergekommen ist. Ist euch das eigentlich noch nicht aufgefallen? Vielleicht ist er ja an einem Ort, wo er nicht sein sollte.«

»Oder umgekehrt«, fügte Juan nachdenklich hinzu. »Er ist *nicht* an einem Ort, an dem er sein sollte.«

Mike blickte nachdenklich vor sich hin. Dann fügte er noch hinzu: »Wer immer sie geschickt hat, scheint großen Wert darauf zu legen, keine Unbeteiligten zu verletzen.«

»Ja«, murmelte Trautman. »Wisst ihr, woran ich die ganze Zeit denken muss?«

Sie schüttelten beide den Kopf. Trautman fuhr mit einem fast unsicheren Lächeln und einem in einem Tonfall, als wären ihm seine eigenen Worte beinahe peinlich, fort: »Nachdem wir von der Insel der Indios geflohen sind ... wir hätten es fast nicht geschafft, hochzukommen. Irgendetwas hat uns geholfen.« Er sah Mike an. »So wie dir, in das Wrack hineinzukommen.«

»Wie bitte?«, murmelte Juan. »Sie glauben doch nicht wirklich, dass uns diese Haie hochgehoben haben?«

Trautman machte eine Kopfbewegung auf das Wasser hinaus. »Die da bestimmt nicht. Aber fünf oder sechs von den großen Tieren, die wir vorhin gesehen haben, könnten es durchaus schaffen.«

»Das klingt nicht sehr überzeugend«, murmelte Juan.

»Ich weiß«, räumte Trautman ein. »Und ich fürchte, wir werden die Antwort auf diese Frage auch niemals bekommen. Aber ich bin auch gar nicht sicher, ob ich das will.«

In diesem Moment tauchte Singh unter ihnen auf: ein verzerrter Schatten, der mit mühsam aussehenden Schritten auf dem Meeresgrund entlangstapfte und von einem ganzen Rudel unterschiedlich großer Haie flankiert wurde, die ihn neugierig umkreisten. Es wurde immer dichter, sodass er sich am Schluss buchstäblich mit den Händen einen Weg durch die lebende Mauer bahnen musste, aber es war so, wie Trautman prophezeit hatte: Die Haie machten keinen Versuch, ihn anzugreifen. Sie versuchten nicht einmal ernsthaft, ihn vom Betreten des Schiffswracks abzuhalten, obwohl sie dies zweifellos gekonnt hätten, allein durch ihre Anzahl.

Nach einer Weile verschwand Singh in dem zerborstenen Schiffsrumpf und es verging eine beunruhigend lange Zeit, bis er wieder auftauchte. Er trug eine menschliche Gestalt auf den Armen. Langsam, unter seiner Last wankend, näherte er sich dem Boot und Trautman warf die mitgebrachten Seile ins Wasser, sodass Singh sie an dem versteinerten Seemann befestigen konnte. Obwohl sie sich zu dritt anstrengten, kostete es ihre gesamte Kraft, den zu Stein erstarrten Körper aus dem Wasser zu ziehen und ins Boot zu heben. Das kleine Schiffchen ächzte und schwankte bedrohlich unter dem zusätzlichen Gewicht.

Mike erschauerte, als er den Seemann von nahem sah. Obwohl er es besser wusste, fiel es ihm sehr schwer, zu glauben, dass dieser Körper jemals gelebt haben sollte, geschweige denn dass noch so etwas wie Leben in ihm war. Der Mann war durch und durch zu Stein erstarrt, wie eine aus Marmor gehauene, perfekte Nachbildung eines menschlichen Körpers.

Sie mussten ihre Pläne ändern und die geborgenen Matrosen einzeln an Land rudern, denn das Boot hätte das Gewicht dreier solcher Körper niemals getragen, sodass die geplante Rettungsaktion viel länger dauerte, als sie geglaubt hatten. Als Singh endlich wieder in die NAUTILUS zurückkehrte und sie mit dem letzten Geretteten zum Strand hinaufruderten, waren Mike, Juan und auch Trautman mit ihren Kräften am Ende und es dunkelte auch bereits.

Mike und Juan nahmen den Mann, der in der sitzenden Position, in der er sich am Tisch befunden hatte, als ihn das Unglück überfiel, zu Stein erstarrt war, an Armen und Beinen und trugen ihn ächzend den Strand hinauf, während Trautman zur NAUTILUS zurückruderte um die anderen zu holen.

Sie legten den versteinerten Matrosen neben seine Kameraden in den Sand und ließen sich erschöpft daneben zu Boden sinken.

Im schwächer werdenden Licht des Sonnenuntergangs boten die drei versteinerten Körper einen noch unheimlicheren Anblick als bisher. Zugleich aber war es Mike – und auch Juan – nicht möglich, den Blick von ihnen zu wenden.

»Unheimlich«, murmelte Juan nach einer Weile.

»Das kannst du laut sagen«, pflichtete ihm Mike bei. »Ich habe fast Angst vor ihnen.«

Juan schüttelte den Kopf. »Das meine ich nicht«, sagte er.

»Was dann?«

»Die Wesen, die das getan haben«, murmelte Juan.

Erst jetzt begriff Mike, dass Juan von den fremden Wesen sprach, die mit dem Sternenschiff gekommen waren. Sie hatten sie niemals gesehen. Jedenfalls nicht lebend, aber sie hatten ja erlebt, was ihre so unendlich viel weiter entwickelte Technik in falschen Händen anzurichten imstande war. »Ich glaube nicht, dass wir uns Sorgen machen müssen«, sagte er. »Das Schiff ist fort und ich glaube auch nicht, dass es zurückkommt.«

»Ich mache mir keine Sorgen«, sagte Juan. »Ich frage mich,

wer sie sind. Wo sie hergekommen sind und was sie hier wollten.« Seine Stimme wurde leiser und in seine Augen trat ein Ausdruck, der Mike schaudern ließ. »Wir waren ihnen so nah, damals in der Pyramide. Erinnerst du dich? Ein einziger Schritt und wir wären dort gewesen. Ich frage mich, ob wir sie jemals wieder sehen.«

»Ich frage mich, ob wir das sollten«, sagte Mike.

Juan schien seine Worte gar nicht gehört zu haben. »Ich würde alles darum geben, einmal mit einem von ihnen zu reden«, murmelte er. Er hob den Blick und sah in den Himmel hinauf. In dem verblassenden Blau des Sonnenunterganges waren bereits die ersten Sterne zu erkennen. »Sie sind irgendwo dort oben. Vielleicht kommen sie eines Tages zurück.«

»Hast du schon vergessen, was Serena über sie erzählt hat?«, sagte Mike. »Die Atlanter *hatten* Kontakt zu ihnen. Es hat jedes Mal in einer Katastrophe geendet.«

»Wenn sie alle so waren wie Argos, wundert mich das nicht«, erwiderte Juan achselzuckend. »Außerdem ist das lange her. Vielleicht haben sie seit dem ja gelernt. Vergiss nicht, was sie mit den Menschen auf der TITANIC getan haben. Sie haben ihr eigenes Leben riskiert um sie zu retten.«

Mike war nicht ganz sicher, ob das wirklich so gewesen war, aber er war auch nicht sicher, ob es so war, wie Serena behauptete. Er schrak beinahe selbst vor dem Gedanken zurück und doch fragte er sich, vielleicht zum ersten Mal, seit er die atlantische Prinzessin kennen gelernt hatte, ob ihr Volk den Menschen, die er kannte, wirklich so ähnlich gewesen war. Vielleicht hatte Serenas Einsamkeit ja einen Grund.

Er verscheuchte den Gedanken. »Ich denke, Argos wird uns alles erzählen, sobald er wach ist«, sagte er. »Und wenn nicht er, dann die drei anderen. Immerhin haben wir ihnen das Leben gerettet.«

»Noch nicht«, sagte Juan mit einem Blick auf die drei versteinerten Körper. »Ich schätze, da gibt es doch noch eine Kleinigkeit zu tun.«

Mike schwieg. Sie alle hatten ja selbst mit angesehen, wie Argos den Eingeborenen auf der Insel geholfen hatte, die von derselben unheimlichen Veränderung befallen gewesen waren. Andererseits hatten sie niemals erlebt, dass er eine so totale Verwandlung rückgängig gemacht hatte. Mike konnte sich aber auch nicht vorstellen, dass Argos dieses ungeheuerliche Risiko, zu dem er sie gezwungen hatte, eingegangen wäre, wäre er nicht absolut sicher gewesen, den Kameraden helfen zu können. Letzten Endes hatte er auch sein eigenes Leben riskiert.

Das Boot kam zurück. Ben, Chris und Singh sprangen von Bord und begannen, ohne viele Worte zu verlieren, im nahen Wald Holz zu schlagen, um eine Unterkunft für die Nacht zu errichten. Mike und Juan wollten ihnen helfen, aber Singh schüttelte nur den Kopf, er wusste ja schließlich am besten, wie schwer es gewesen war, die drei Körper an Land zu schleppen, und Mike ließ sich heute auch nicht zweimal bitten, es sich gemütlich zu machen und den anderen beim Arbeiten zuzusehen. Stolz war eine schöne Sache, aber Erschöpfung eine andere.

Nach einer Weile stellte Mike fest, dass er wohl eingenickt sein musste, denn als er das nächste Mal die Augen öffnete, da waren nicht nur der Inder, Ben und Chris bei ihnen, sondern auch der Rest der NAUTILUS-Besatzung; einschließlich Argos, der neben seinen drei versteinerten Kameraden im Sand lag und bei genauem Hinsehen nicht viel lebendiger aussah als sie. Er war immer noch ohne Bewusstsein und seine Haut war fast so bleich wie die der drei anderen. Natürlich saß Serena neben ihrem Vater im Sand und hielt seine Hand. Sie musste Mikes Blick spüren, denn sie sah plötzlich auf, schaute ihm einen Moment lang ins Gesicht und blickte dann wieder auf ihren bewusstlosen Vater hinab.

»Er wird schon durchkommen«, sagte Mike.

Im ersten Moment sah es so aus, als würde Serena gar nicht darauf antworten, dann aber hob sie mit einem Ruck den Kopf. In ihren Augen stand ein fast trotziger Ausdruck, den Mike nicht verstand. Noch viel weniger verstand er den scharfen Ton, in dem sie antwortete:

»Tu doch nicht so!«

»Wie?«, fragte Mike.

Serena machte eine ärgerliche Handbewegung. »Spiel nicht den Besorgten, ja. Es ist dir doch völlig egal, ob er überlebt oder nicht. Genau wie den anderen.«

Mike schwieg betroffen. Er empfand Argos gegenüber nicht unbedingt freundschaftliche Gefühle, das stimmte – aber wie konnte Serena so etwas sagen? Sie musste doch wissen, dass er einem Menschen niemals den Tod gewünscht hätte, ganz egal was dieser vorher auch getan hatte.

Und als hätte sie seine Gedanken gelesen, sah Serena nach einigen Augenblicken erneut auf und diesmal las er in ihren

Augen eine tiefe Betroffenheit. »Entschuldige«, sagte sie. »Es tut mir Leid. Ich wollte das nicht sagen.«

Mike winkte ab. »Schon gut. Wir sind alle ein bisschen nervös.«

»Trotzdem«, erwiderte Serena. »Ich weiß auch nicht, warum ... « Sie brach ab. Ihre Stimme zitterte.

Mike wollte gerade die Arme ausstrecken und sie tröstend an sich drücken, als Argos die Augen öffnete und mit sehr leiser, aber klarer Stimme sagte:

»Du tust ihm Unrecht, Kind. Er sagt die Wahrheit. Er hätte mich dort unten im Meer umkommen lassen können. Niemand hätte es bemerkt. Stattdessen hat er sein eigenes Leben riskiert, um mich zu retten.«

»Na, was für ein Glück«, sagte Ben giftig, der in der Nähe stand und die Worte mitbekommen hatte. »Wenn ich rausgegangen wäre, hätten Sie nicht so viel Glück gehabt.«

Argos richtete sich mühsam auf, sah den jungen Briten einen Moment lang ernst an und lächelte dann ganz schwach. »Du weißt, dass das nicht stimmt, Ben.«

In Bens Augen blitzte es auf. »Was soll das jetzt wieder heißen?«

»Dass du niemals versuchen solltest jemanden zu belügen, der in deinen Gedanken lesen kann«, sagte Argos. »Du spielst gern den starken Mann, ich weiß. Aber, Ben, es macht jemanden nicht erwachsener, wenn er so tut, als wären ihm Gefühle wie Menschlichkeit und Mitleid fremd.«

Bens Gesicht verdüsterte sich und es hätte Mike nicht gewundert, hätte er sich im nächsten Moment mit geballten

Fäusten auf Argos gestürzt. Aber dann drehte er sich nur mit einem Ruck um und verschwand in der Dunkelheit.

»Das war nicht besonders klug«, sagte Mike leise. »Sie haben natürlich Recht: Ben ist nicht halb so hart, wie er sich gerne gibt. Aber ich möchte ihn trotzdem nicht unbedingt zum Feind haben.«

»Habe ich das denn?«, fragte Argos. Er sah Mike offen an. »Habe ich mir euch alle zum Feind gemacht?«

In diesem Moment knirschten hinter ihnen Schritte im Sand und Trautman und Singh kamen heran. Sie hatten offenbar ebenfalls bemerkt, dass der Atlanter wach geworden war.

»Das kommt ganz darauf an, was Sie uns jetzt erzählen werden, Argos«, sagte Trautman. »Und wenn wir schon einmal dabei sind: Hatten Sie uns nicht versprochen, nicht in unseren Gedanken zu lesen?«

»Aber das habe ich auch nicht«, antwortete Argos.

»Ha!«, machte Ben aus der Dunkelheit heraus.

Argos schüttelte nur den Kopf. »Man muss keine Gedanken lesen können, um diesen Jungen zu durchschauen«, sagte er. »Er ist ein netter Kerl, wie alle hier.«

»Das zieht nicht«, sagte Trautman scharf. »Wenn Sie versuchen sich bei uns einzuschmeicheln, sparen Sie sich Ihren Atem. Warum haben Sie das getan?«

Argos richtete sich ganz auf und blickte auf seine drei Kameraden herab. »Ihretwegen«, sagte er. »Sie hätten es auch getan. Leugnen Sie es nicht, ich muss auch Ihre Gedanken nicht lesen, um das zu wissen. Sie hätten auch Ihr eigenes Leben riskiert, um das Ihrer Freunde zu retten.«

»Natürlich«, erwiderte Trautman. »Aber das hatten wir schon, oder? Ich hätte niemand anderen dazu gezwungen, mich dabei zu begleiten.«

»Das habe ich nicht«, antwortete Argos. »Im Gegenteil. Ich habe versucht es allein zu tun, haben Sie das schon vergessen?«

»Und Serena?«, fragte Mike aufgebracht.

»Ich bin freiwillig mit ihm gekommen«, antwortete Serena an Argos' Stelle. »Und auch das ist die Wahrheit, ob es dir passt oder nicht.« Ihr scharfer Ton schockierte Mike, aber er biss die Zähne zusammen und schwieg.

»Ich werde jetzt versuchen sie aufzuwecken«, erklärte Argos.

Trautman runzelte die Stirn. »In Ihrem Zustand? Sie haben ja kaum die Kraft, zu sitzen.«

»Es muss sein«, beharrte Argos. »Jede Minute zählt. Sie waren viel zu lange dort unten. Ich bin nicht einmal sicher, ob wir nicht zu spät gekommen sind.«

Er wollte die Hand nach einer der versteinerten Gestalten ausstrecken, aber Trautman machte eine rasche Bewegung. »Einen Moment noch.« Argos sah hoch.

»Ja?«

»Was ist mit den anderen?«, fragte Trautman. Er deutete aufs Meer hinaus. »Diesen ... *Männern* auf dem SCHWARZEN FRACHTER?«

»Sie können uns hier nicht finden«, behauptete Argos.

Und wieder erging es Mike so wie ihm gerade: er musste nicht Gedanken lesen können um zu wissen, dass Argos' Worte mehr Wunsch als Überzeugung waren. »Selbst wenn, werden

Sie euch nichts tun«, fügte Argos nach sekundenlangem Schweigen hinzu.

»Falls wir Sie herausgeben«, vermutete Trautman.

Argos nickte. »Genau. Und das müssen Sie tun. Versprechen Sie es mir. Wenn sie hier auftauchen, wenn irgendetwas geschieht, dann versuchen Sie nicht mir zu helfen. Ich habe euch schon viel zu viel in Gefahr gebracht.«

»Du glaubst doch nicht, dass wir dich einfach im Stich lassen«, empörte sich Serena.

Argos lächelte verständnisvoll. »Ich glaube nicht, dass es dazu kommt«, sagte er, was keine Antwort auf ihre Frage war. Er sah in den Himmel, überlegte einen Moment und sagte dann: »Bis zum Morgengrauen müsste ich es geschafft haben. Entweder bis dann oder gar nicht.«

»Können wir irgendetwas tun um Ihnen zu helfen?«, fragte Trautman, doch Argos schüttelte den Kopf.

Ohne ein weiteres Wort ging er zu einem seiner Kameraden hinüber, setzte sich neben ihn in den Sand und legte die gespreizten Finger der linken Hand auf seine Stirn. Er schloss die Augen, ein konzentrierter Ausdruck erschien auf seinem Gesicht und schon einen Moment später schien er in eine Art Trance zu verfallen.

»Vielleicht lassen wir ihn besser in Ruhe«, sagte Trautman leise. »Kommt: Wir entzünden das Feuer und essen etwas und danach haben wir uns alle ein paar Stunden Schlaf verdient.«

»Und ihn lassen wir einfach gewähren?«, fragte Ben.

»Du kannst gerne bei ihm bleiben und Wache stehen«, erwiderte Trautman. »Ich für meinen Teil habe für einen Tag Aufregung genug gehabt.« Damit wandte er sich um und ging und nach kurzem Zögern folgten ihm die anderen, schließlich auch Ben.

Mike schlief in dieser Nacht tief und traumlos, aber er erwachte vor Sonnenaufgang und hatte das sichere Gefühl, dass irgendetwas nicht in Ordnung war.

Lautlos richtete er sich auf, sah sich nach allen Seiten um und erhob sich schließlich ganz. Alle anderen schliefen. Das Feuer, das sie entzündet hatten, war zu einem glimmenden Haufen dunkel-roter Glut heruntergebrannt und am Himmel stand kein Mond, sodass er nichts sehen konnte. Im Osten begann sich der Horizont grau zu färben; es war nicht mehr lange bis Sonnenaufgang. Trotzdem war alles, was weiter als fünf oder sechs Schritte entfernt lag, mehr zu erahnen als wirklich zu erkennen.

Erneut hatte er das Gefühl, dass irgendetwas nicht in Ordnung war. Es war als ... als spürte er die Blicke unsichtbarer Augen auf sich ruhen. Jemand starrte ihn an. Jemand –

oder etwas.

Mikes Herz begann heftig zu klopfen. Einen Moment lang überlegte er, ob er zurückgehen und Trautman wecken sollte, tat es aber dann nicht. Trautman hatte seinen Schlaf ebenso bitter nötig wie alle anderen.

Mike machte ein paar Schritte, blieb wieder stehen und drehte sich halb um seine Achse. Seine Augen hatten sich mittlerweile an das schwache Licht gewöhnt, sodass er zumindest Schatten erkennen konnte. In einiger Entfernung glaubte er Argos auszumachen, der immer noch so reglos dasaß, wie er ihn am Abend zurückgelassen hatte, und eine der schemenhaften Gestalten neben ihm im Sand schien ihre Position verändert zu haben. Mike widerstand jedoch der Versuchung, hinzugehen; Argos hatte gesagt, dass er bis Sonnenaufgang fertig sein musste, wenn er es überhaupt schaffen wollte, und Mike wollte nicht schuld am Tode eines Menschen sein, nur weil er Argos in seiner Konzentration störte.

So bewegte er sich, so leise er konnte, in die entgegengesetzte Richtung, erreichte nach einigen Schritten den Waldrand und blieb wieder stehen. Das unheimliche Gefühl des Beobachtetwerdens kam nicht aus dieser Richtung, sondern aus der anderen. Vom Meer her. Mike drehte sich wieder herum, raffte all seinen Mut zusammen und ging langsam zum Strand hinunter.

Die Ebbe hatte eingesetzt, sodass das Wasser nun ein gutes Stück weiter zurücklag als vorhin. Die NAUTILUS ragte als gigantischer Schatten vor ihm empor wie ein stählerner Berg, den die Flut angespült hatte.

Irgendetwas plätscherte. Es war nicht das normale Geräusch der Wellen, die sich am Strand oder am Schiffsrumpf brachen, sondern ein Laut, als bewege sich etwas im Wasser. Im ersten Moment dachte Mike natürlich an einen Hai und machte erschrocken zwei, drei Schritte zurück, bis er wieder ganz im Trockenen stand. Als er seinen Blick auf die Wasseroberfläche senkte, sah er keine der gefürchteten Dreiecksflossen, aber das Geräusch wiederholte sich. Diesmal deutlicher: Es kam von links.

Mike fuhr herum und glaubte gerade noch eine schattenhafte Bewegung zu sehen, die in der Nacht verschwand. Diesmal war er sicher, dass es keine Einbildung war. Er rannte los.

Atemlos erreichte er die Feuerstelle, beugte sich über den schlafenden Trautman und rüttelte ihn wild an den Schultern. »Wachen Sie auf!«, rief er. »Schnell! Alle! Wacht auf!«

Trautman öffnete verschlafen die Augen und versuchte seine Hand abzuschütteln, doch als er in Mikes entsetztes Gesicht sah, wurde er schlagartig wach. »Was ist los?«, keuchte er und setzte sich mit einem Ruck auf. Binnen weniger Augenblicke waren auch die anderen aus dem Schlaf hochgefahren und umringten ihn.

»Was ist passiert? Was soll der Lärm?«

»Jemand ist hier«, sagte Mike. Er deutete zum Meer. »Ich ... ich habe etwas gesehen!«

»Die Insel ist völlig unbewohnt«, sagte Ben, doch Trautman brachte ihn mit einer raschen Geste zum Schweigen.

»Entfacht das Feuer«, sagte er. »Singh – hast du eine Waffe mitgebracht?«

Der Inder schüttelte bedauernd den Kopf, beugte sich aber dann nach einem armlangen Stück Brennholz und wog es prüfend in der Hand.

Mike, der schon mehrmals gesehen hatte, was der Sikh-Krieger zur Not mit bloßen Händen im Stande war, fühlte sich sofort sicherer.

»Also gut«, sagte Trautman. »Ben, Juan, ihr bleibt mit Chris und Serena hier. Mike wird Singh und mir zeigen, wo er die Bewegung gesehen hat.« Als wären Trautmans Worte ein Signal gewesen, teilte sich plötzlich der Waldrand hinter ihnen und eine hoch gewachsene Gestalt trat heraus. Fast im selben Augenblick wurde auch die Dunkelheit überall rings um sie herum lebendig. Zwei, drei, vier, schließlich fast ein Dutzend riesiger breitschultriger Gestalten tauchten aus der Nacht rings um sie herum auf und bildeten einen schweigenden, drohenden Kreis, der sich ganz allmählich enger zusammenzog. Im ersten Moment dachte Mike, sie hätten sich getäuscht und es wären doch Menschen auf der Insel, denn die Männer hatten durchaus die Statur der riesigen Eingeborenen, denen sie das letzte Mal bei einer ähnlichen Gelegenheit begegnet waren, dann aber kam eine der Gestalten nahe genug heran, dass er ihr Gesicht erkennen konnte.

Und Mike war nicht der Einzige, der erschrocken aufschrie!

Es war nicht das Gesicht eines Menschen. Es war das Gesicht aus seinem Traum. Das furchtbare Antlitz eines jener Wesen, denen er schon zweimal begegnet war: einmal in der Tauchkammer der NAUTILUS, das zweite Mal im Lagerraum des Schiffes, als sie alle um ihr Leben gekämpft hatten. Es war schwer zu beschreiben, doch wenn irgendwann einmal jemand versucht hätte einen Menschen und einen Haifisch zu kreuzen, dann hätte das Ergebnis ungefähr so aussehen müssen. Der Mann – wenn es ein *Mann* war – hatte keinen Hals. Sein Kopf wuchs unmittelbar aus den Schultern heraus und war viel zu breit, dafür flacher als der eines Menschen. Die Augen saßen zu weit an den Seiten und waren riesig und schwarz – Haifischaugen! Und er hatte keine Nase, dafür einen breiten, geschlitzten Mund, in dem ein fürchterliches Gebiss blitzte. Da, wo sein Hals sein sollte, gewahrte Mike ein Dutzend fingerlanger Kiemen, die sich unentwegt bewegten, und seine muskulösen Arme endeten in beinahe menschlich aussehenden Händen, die jedoch Schwimmhäute zwischen den Fingern und lange, gefährlich gebogene Krallen hatten. Und auch seine Haut war eher die raue Sandpapierhaut eines Haies, nicht die eines Menschen.

»Um Gottes willen!«, flüsterte Trautman. Wie alle anderen war er erschrocken vor den Kreaturen zurückgewichen, aber nun standen sie Rücken an Rücken vor dem Feuer und es gab nichts mehr, wohin sie sich zurückziehen konnten. »Was sind das für Wesen?«

Niemand antwortete, auch Mike nicht.

Singh hob seinen Knüppel, als eines der Geschöpfe näher kam, aber Mike machte rasch eine warnende Bewegung. »Nicht«, sagte er erschrocken.

Singh sah ihn irritiert an und Trautman fragte:

»Nicht? Was soll das heißen?«

Mike antwortete nicht gleich. Der Anblick der unheimlichen Haimenschen erfüllte ihn mit Panik. Es fiel ihm schwer, auch nur einen einzigen klaren Gedanken zu fassen, aber er wusste, dass ihrer aller Leben an einem seidenen Faden hing. Wenn einer von ihnen auch nur einen winzigen Fehler machte, dann ...

»Sie werden uns nichts tun«, sagte er.

»Woher willst du das wissen?«, fragte Ben.

»Das hätten sie längst gekonnt, wenn sie das wollten«, antwortete Mike. »Erkennt ihr sie denn nicht? Einer von ihnen hat uns das Leben gerettet!«

»Bist du verrückt?«, wollte Ben wissen.

»Aber erinnere dich doch!«, sagte Mike fast flehend, ohne

den unheimlichen Haifischmann vor sich aus den Augen zu lassen. »Als wir zur NAUTILUS geschwommen sind! Erinnert euch doch! Die Tür hat geklemmt und wir haben sie nicht aufbekommen. Wir wären alle ertrunken, wenn zwei von ihnen das Schott nicht geöffnet hätten!«

Ben blickte ihn nur verwirrt an und auch auf den Gesichtern der anderen erschien ein Ausdruck von Verständnislosigkeit. Einzig Trautman sah mit einem Male sehr nachdenklich drein.

»Aber was wollen sie von uns?«, fragte Juan.

Mike zuckte nur mit den Schultern, doch das genügte nicht. Allein dadurch, dass er das Wort ergriffen hatte, hatte er die Initiative an sich gerissen und nun war es an ihm, auch weiterzumachen.

Mit zitternden Knien und mit so heftig klopfendem Herzen, dass er Mühe hatte, zu sprechen, trat er dem Haifischmann entgegen und streckte beide Arme aus; die Hände leer und nach oben gedreht, eine Geste, von der er hoffte, dass sie auch für Wesen aus der Welt fünftausend Meter unter dem Meeresspiegel verständlich war.

»Kannst du mich verstehen?«, fragte er. Das unheimliche Wesen sah ihn nur an. Es war unmöglich, in seinen unergründlichen Augen irgendein Gefühl zu erkennen, und es reagierte auch nicht auf den Klang seiner Sprache.

»Wer seid ihr?«, fuhr Mike mit bebender Stimme fort. »Was wollt ihr von uns? Wir können euch nicht helfen, wenn ihr uns nicht sagt, warum ihr gekommen seid.«

»Ist das so schwer zu erraten?«, fragte Ben spöttisch. »Sie sind wegen Argos hier, wollen wir wetten?«

Nun zeigte das Geschöpf zum ersten Mal eine Reaktion auf die menschliche Stimme. Sein Kopf drehte sich in einer sonderbar anmutenden Bewegung herum und für einen Moment richtete sich der Blick seiner unheimlichen, pupillenlos wirkenden Augen direkt auf Ben. Dann, als hätte es die Worte doch verstanden und versuche auf diese Weise zu antworten, drehte es sich ganz herum und starrte in die Richtung, in der Argos am Strand saß. Als Mike ebenfalls dorthin blickte, glaubte er weitere Schatten zu erkennen, die bisher nicht da gewesen waren.

Plötzlich schrie Serena erschrocken auf und wollte loslaufen. Singh riss sie im letzten Moment zurück, doch sie wäre ohnehin nicht weit gekommen, denn einer der Haifischmänner vertrat ihr mit einer raschen Bewegung den Weg. Serena erwies sich jedoch als kräftiger, als Singh angenommen haben mochte. Sie riss sich mit einem überraschend kraftvollen Ruck los und rannte in die Dunkelheit hinein. Und es gelang ihr sogar, den zupackenden Händen des Haifischmannes zu entwischen. Kaum eine Sekunde, nachdem sie aufgeschrien hatte, war sie in der Nacht verschwunden.

»Sie werden ihr nichts tun«, sagte Mike. Er betete, dass es so war. Die Haifischmänner durften Serena einfach nichts zuleide tun!

Fast verzweifelt versuchte er die Dunkelheit mit Blicken zu durchdringen, aber es war unmöglich. Nach einigen Momenten jedoch glaubte er die Geräusche eines Kampfes zu hören. Laute, die ihm einen eisigen Schauer über den Rücken jagten. Ohne auf seine eigene Sicherheit zu achten, wollte er losstürmen, doch auch er kam nicht weit. Der Haifischmann, mit dem er zu reden versucht hatte, ergriff ihn blitzschnell bei den Unterarmen. Er griff ihn nicht an, sondern hielt ihn einfach nur fest, aber in seinen Händen lag eine so übermenschliche Stärke, dass Mike trotzdem vor Schmerz aufstöhnte.

Nach einem Augenblick jedoch ließ das Geschöpf Mike wieder los und trat zu den anderen zurück. Die Botschaft war deutlich, auch ohne Sprache.

Schritte näherten sich und nur einen Moment später tauchten zwei der Haifischmänner wieder aus der Dunkelheit auf. Sie hielten Argos an beiden Armen gepackt zwischen sich, aber der Atlanter versuchte nicht Widerstand zu leisten. Argos war kein Schwächling, aber Mike hatte am eigenen Leib gefühlt, wie unvorstellbar stark diese Geschöpfe waren.

»Argos!«, rief Trautman. »Was um alles in der Welt hat das zu bedeuten? Was sind das für Wesen?«

Argos hob mühsam den Kopf. Mike erschrak, als er in sein Gesicht blickte. So kurz der Kampf gewesen war, er musste heftig gewesen sein, denn Argos' Züge waren nicht nur totenbleich, sondern auch verschwollen. Aus einem tiefen Kratzer auf seiner Wange lief Blut. Offensichtlich hatte er sich trotz allem noch mit letzter Kraft gewehrt. »Machen Sie sich keine Sorgen«, sagte er. »Solange Sie sich nicht einmischen, sind Sie nicht in Gefahr!«

»Das ist keine Antwort«, sagte Trautman scharf. Er wollte auf Argos zutreten und diesmal schienen ihre unheimlichen Bewacher nichts dagegen zu haben, denn sie ließen ihn gewähren. Eine der Kreaturen, die Argos gepackt hatten, hob jedoch warnend die Hand, als er sich ihm auf drei Schritte genähert hatte, und Trautman blieb auch sofort wieder stehen. Nach kurzem Zögern folgten ihm auch Mike und die anderen. Ihre unheimlichen Begleiter folgten ihnen ebenfalls lautlos wie Schatten, aber nahe genug um sofort eingreifen zu können.

»Das sind die, vor denen Sie geflohen sind, nicht wahr?«, fragte Trautman mit einer Kopfbewegung auf einen der Haifischmänner. »Die Wesen, die die Haie geschickt haben.«

»Sind das die Leute aus dem SCHWARZEN SCHIFF?«, wollte Ben wissen.

Argos schüttelte matt den Kopf. »Nein«, sagte er. »Aber sie gehören zusammen. Und auch die hier sind nur Werkzeuge. Aber Sie haben Recht: Sie wurden geschickt, um mich und die anderen zu holen. Ich habe gedacht, ich könnte ihnen entkommen, aber vermutlich ist das unmöglich.« Er seufzte tief, und als er weitersprach, war seine Stimme sehr leise. »Es ist vorbei. Machen Sie sich keine Vorwürfe. Sie haben getan, was Sie konnten. Was nun geschieht, geht nur mich etwas an.«

»Das ist nicht ganz richtig«, sagte eine Stimme aus der Dunkelheit hinter ihnen.

Mike und die anderen fuhren überrascht zusammen, als sie die beiden groß gewachsenen, in dunkelblaue englische Marineuniformen gekleideten Gestalten sahen, die aus der Nacht hervorgetreten waren. Mike erkannte sie sofort: Es waren zwei der drei Seeleute, die sie aus dem Wrack geborgen hatten. Offensichtlich hatte das, was Argos versucht hatte, zumindest zum Teil Erfolg gehabt, denn sie schienen vollständig wiederhergestellt zu sein.

Doch das war nicht der Grund für Mikes Erschrecken. Die

beiden waren nicht allein gekommen. Einer von ihnen hatte Serena gepackt. Mit der einen Hand hielt er ihr den Mund zu, mit der anderen presste er sie trotz ihres verzweifelten Sträubens an sich.

»Was soll das?«, fragte Mike. »Lassen Sie sie sofort los!«

Der Seemann wandte langsam den Blick, sah ihn kopfschüttelnd an und sagte lächelnd: »Aber das wäre ziemlich dumm, meinst du nicht auch?«

»Serena hat nichts mit all dem zu tun«, sagte Trautman scharf. »Lassen Sie sie los! Auf der Stelle!«

Und als wären seine Worte ein Signal gewesen, setzten sich nicht nur er und Singh, sondern auch beide Haifischmänner in Bewegung, um sich auf die aufgetauchten Atlanter zu stürzen. Der Mann, der zuerst gesprochen hatte, war jedoch schneller. Mit einer blitzartigen Bewegung griff er unter seine Jacke, zog eine Pistole hervor und richtete die Mündung auf Serenas Schläfe.

»Keinen Schritt weiter«, sagte er.

Trautman, Singh und Mike erstarrten mitten in der Bewegung und nach einem weiteren Schritt hielten auch die Haifischmänner inne.

»Sehr gut«, sagte der Seemann. »Ich hatte gehofft, dass ihr vernünftig seid. Und nun alle ein paar Schritte zurück, wenn ich bitten darf.« Er wedelte auffordernd mit der linken Hand. Trautman, Ben und Singh, dann auch die beiden Haifischmänner gehorchten, während der Seemann und sein Kamerad, der immer noch Serena gepackt hielt, im selben Tempo näher kamen. »Und jetzt lasst ihn los!«, befahl der Atlanter mit einer Geste auf die beiden Haifischgeschöpfe, die Argos gepackt hielten.

Die beiden zögerten. Der Atlanter zog den Hahn des Revolvers zurück und wiederholte seine Aufforderung, und die beiden Geschöpfe ließen Argos' Arme tatsächlich los und traten zwei, drei Schritte weit zurück. Argos sank mit einem Keuchen auf die Knie und wäre nach vorne gestürzt, hätte er sich nicht im letzten Moment mit den Händen im Sand abgestützt.

»Du hattest Recht, Argos«, fuhr der Atlanter mit der Pistole fort. »Sie scheinen tatsächlich so programmiert zu sein, dass der Schutz unschuldigen Lebens über ihre eigentliche Aufgabe geht. Erstaunlich!«

Mike verstand kein Wort, obwohl er das Gefühl hatte, es eigentlich verstehen zu müssen. Aber er war viel zu aufgeregt, hatte viel zu viel Angst um Serena, um einen klaren Gedanken zu fassen. »Was soll das?«, fragte er. »Wir stehen auf Ihrer Seite! Warum bedrohen Sie Serena?«

Der Atlanter schenkte ihm ein fast mitleidiges Lächeln. »Ich hätte dich für klüger gehalten, nach allem, was Argos mir über dich erzählt hat«, sagte er. »Du siehst es doch selbst. Diese freundlichen Gesellen da werden nichts tun, solange sie damit das Leben eines unschuldigen Kindes gefährden würden. Wäre es dir lieber, wenn ich dich als Geisel nähme?«

»Jederzeit«, antwortete Mike spontan und das war auch ernst gemeint.

Der Atlanter schüttelte jedoch den Kopf. »Seltsam. Auch diese Antwort überrascht mich nicht«, sagte er. »Trotzdem ist es besser, wenn wir unser Prinzesschen hier behalten.«

Mike versuchte verzweifelt Serenas Blick einzufangen. Serena hatte aufgehört sich zu sträuben, aber ihre Augen waren weit und dunkel vor Panik. Der Atlanter drückte die Waffe so fest gegen ihre Schläfe, dass es wehtun musste.

»Sie ... Sie würden ihr doch niemals wirklich etwas antun, oder?«, stammelte Mike.

Der Atlanter antwortete nicht, aber Trautman sagte mit einem leisen, harten Lachen: »Selbstverständlich würde er das. Diese Geschöpfe lassen sich nicht von leeren Drohungen beeindrucken.«

»Da haben Sie in der Tat Recht, Trautman«, antwortete der Atlanter. »Ich würde es sehr bedauern, diesem entzückenden jungen Mädchen etwas zuleide tun zu müssen, aber glauben Sie mir: Ich werde es tun, wenn es nötig ist.« Er trat rasch auf Argos zu – ohne dass der Lauf seiner Waffe dabei auch nur einen Sekundenbruchteil nicht auf Serenas Kehle gedeutet hätte –, griff unter seine Arme und zog ihn mit einer kraftvollen Bewegung in die Höhe. »Alles in Ordnung?«, fragte er. »Haben sie dich verletzt?«

Argos schüttelte den Kopf. Er wankte, aber Mike nahm an, dass das eher an den Anstrengungen der vergangenen Nacht lag als an dem, was ihm die Haifischmänner angetan hatten.

»Es geht schon wieder«, murmelte er. Erschöpft fuhr er sich mit beiden Händen über das Gesicht, warf dann einen Blick in die Runde und sah Mike an. In seinen Augen erschien ein Ausdruck von Bedauern, ja fast von Schmerz. »Es tut mir Leid«, sagte er.

Mike starrte ihn an. »Sie verdammter Mistkerl«, antwortete er. »Warum habe ich Sie nicht da unten ertrinken lassen?«

Und in diesem Moment meinte er das ernst. Argos schien es

auch zu spüren, denn sein Blick verdüsterte sich noch mehr und nach einer Sekunde hatte er nicht mehr die Kraft, dem Mikes standzuhalten. Mühsam drehte er sich um und wandte sich an den Mann, der seine Tochter festhielt. »Bitte tu ihr nicht weh, Vargan«, sagte er.

»Nur wenn es nötig ist«, erwiderte Vargan.

»Und was haben Sie jetzt vor?«, wollte Trautman wissen.

»Nun«, sagte der Atlanter mit der Pistole lächelnd. »Ich denke, wir werden uns zuerst einmal von unseren ungebetenen Gästen verabschieden.« Er wandte sich dem nächststehenden Haifischmann zu, lächelte – und schwenkte blitzschnell seine Pistole herum.

Zwei Schüsse fielen so rasch hintereinander, dass sie wie ein einzelner klangen. Der Haifischmann wurde zurückgeworfen, riss die Arme in die Luft und fiel sterbend in den Sand, und im nächsten Sekundenbruchteil hatte sich die Waffe wieder auf Serena gerichtet.

»Tarras!«, schrie Argos. »Bist du verrückt geworden?!«

Tarras grinste kalt. »Keineswegs, Argos. Ich bin nur nicht ganz sicher, ob sie unsere Sprache verstehen. Ich denke, das haben sie begriffen.«

Mike starrte entsetzt auf den zu Boden gesunkenen Haifischmann hinab. Zwei seiner Brüder bemühten sich um ihn, aber selbst Mike erkannte sofort, dass jede Hilfe zu spät kam. Die beiden Kugeln hatten das Wesen mitten ins Herz getroffen.

»Ich hoffe, ich muss meine Demonstration nicht wiederholen«, sagte Tarras. Noch bevor irgendeiner der anderen antworten konnte, riss er seine Pistole abermals herum und gab einen weiteren Schuss ab. Diesmal ließ die Kugel allerdings nur den Sand vor den Füßen eines der anderen Haifischmänner hoch aufspritzen. Die Wesen hatten die Botschaft jedoch verstanden.

Zwei von ihnen ergriffen ihren sterbenden Kameraden und nahmen ihn in die Mitte, die anderen drehten sich schweigend herum und verschwanden ebenso lautlos in der Nacht, wie sie aufgetaucht waren. Tarras deutete auf Ben.

»Du, Junge! Lauf ihnen nach und überzeuge dich davon, dass sie wirklich ins Wasser gehen und sich nicht nur irgendwo verstecken!«

Ben starrte den Atlanter eine Sekunde lang trotzig an, aber dann nickte Trautman unmerklich und Ben drehte sich herum und lief hinter den Haifischmännern her. Als auch er in der Nacht verschwunden war, sagte Trautman:

»Sie haben gewonnen. Sie können das Mädchen jetzt loslassen.«

Eine Sekunde lang sah Tarras einfach nur verblüfft drein, dann lachte er. Der Pistolenlauf deutete immer noch auf Serenas Kopf. »Sie haben wirklich keine Ahnung, wie?«

»Wovon?«, fragte Trautman lauernd.

»Was hast du ihnen erzählt, Argos?«, erkundigte sich Tarras lachend.

»Nur das, was sie wissen mussten«, antwortete Argos leise. Er sah seinen Kameraden an. Nicht jedoch Trautman, Mike oder einen der anderen.

»Nun, das ist anscheinend nicht allzu viel«, erwiderte Tarras. Er wandte sich direkt an Trautman. »Ich fürchte, dass wir Ihrem Wunsch nicht entsprechen können, lieber Herr Trautman«, erklärte er in spöttischem Tonfall. »Jedenfalls noch nicht sofort. Wir brauchen unser kleines Prinzesschen nämlich noch, wissen Sie?«

Trautman nickte. Sein Gesicht war wie aus Stein. »Weil wir sonst nicht tun, was Sie von uns verlangen«, vermutete er.

»Für einen so alten Mann haben Sie ein erstaunlich scharfes Begriffsvermögen«, erklärte Tarras höhnisch. »Aber keine Sorge: Wir werden Ihre Dienste allerhöchstens noch für zwei oder drei weitere Tage in Anspruch nehmen. Und danach bekommen Sie Ihr Prinzesschen unbeschädigt zurück – falls niemand auf dumme Ideen kommt, heißt das«, fügte er mit einem Seitenblick auf Mike hinzu.

Mike begriff nur ganz allmählich, was die Worte des Atlanters bedeuteten, dann aber fuhr er herum und wandte sich an Argos: »Das können Sie nicht tun! Warum lassen Sie das zu?«

»Aber was soll er denn machen?«, erkundigte sich Tarras.

Mike ignorierte ihn. »Befehlen Sie ihm, damit aufzuhören!«, schrie er. »Sie können es! Sie sind ihr König!«

Argos senkte den Blick.

Tarras blinzelte, machte für eine Sekunde ein verblüfftes Gesicht und begann dann schallend zu lachen. »Unser König? Hat er euch das erzählt?« Er drehte sich zu Argos herum. »Da hast du aber ein bisschen übertrieben, wie?«

Mikes Augen wurden groß. »Sie ... Sie sind nicht... König von Atlantis?«

Argos schüttelte den Kopf. Er hatte nicht die Kraft, Mike anzusehen. »Nein«, sagte er leise. »Das bin ich nicht. Und ich bin auch nicht –«, und damit wandte er sich an Serena und seine Stimme sank fast zu einem Flüstern herab. »– dein Vater. Es tut mir Leid.«